믿을 수 없는 사람

김미수 연작소설집

믿을 수 없는 사람

문예바다

| 작가의 말 |

 북한 관련 연작소설의 첫 단편 소설을 쓴 지 12년이 지났다.
「음모가 있을 수 있습니다」란 단편을 시작으로 곧 연작소설이 완성될 줄 알았다. 하지만 생각보다 북한 문제를 다루는 것이 버거웠다. 7년 동안 다섯 편을 발표하고 한동안 덮어두었다. 작년에 백시종 선생님께서 원고 청탁을 해주셨다. 그래서 용기를 내어 북한 소설을 두 편 더 써서 출간할 수 있게 되었다.

 북한 연작소설을 쓰는 동안 북한에서 출간된 소설을 많이 찾아 읽었다. 북한 소설 속의 인물은 대체로 사상으로 무장된 영웅적인 인물로 전형화되어 있었다. 혹은 당에서 시키는 대로 사고하고 행동하며 그것이 절대선이라고 부추기는 인물이었다.

　소설이 이래도 되는가, 라는 생각은 북한 사회에 대해 외부인인 누군가가 북한 사회를 제대로 그려내야 하지 않을까라는 사명감으로 바뀌곤 했다.

　여전히 우리 사회의 큰 갈등은 남북 분단 상황에서 온다. 그럼에도 누구도 통일을 말하지 않고 있다. 그러니 지금이야말로 북한 사회에 관심을 기울이고 북한의 인권 문제를 수면 위로 올려야 할 시점이다. 대다수의 북한 주민이 진정한 철학과 예술의 부재 속에서 어떻게 살아가는지, 질문하고 증언하는 일은 분단국가에서 살아가는 소설가의 몫이자 역할일 것이다. 그곳은 갈 수 없는 나라, 폐쇄된 나라이므로, 더욱!

　이 연작 소설의 주인공은 남북한을 넘나든다. 물론 정상적인 방법으론 갈 수 없으니 불시착이다. 말하자면 북한으로의 불시착은 작가로서의 판타지다. 하지만 북한의 실상과 맞닥뜨리고 남북한 주민이 서로 관계 맺는 경험을 할 수 있는 것은 여전히 소설에서나 가능하니까.

창작이라 해도 북한에 불시착해서 살아가는 남한 사람의 이야기는 지금껏 우리 소설에서 다뤄지기가 어려웠던 것 같다. 현실적으로 가능한 설정도 아니고, 불시착한 남한 사람을 통해 북한 사회를 실감나게 경험하게 하는 것도 무리가 있으니 말이다. 그럼에도 나는 이번 연작소설집 발간을 계기로 앞으로는 또 다른 방향에서 북한 문제를 수면 위로 올리는 소설 창작에 천착해 보리라 다짐한다.

북한 취재에 많은 도움을 준 탈북민들, 기꺼이 해설을 맡아주시고 따뜻하고 섬세하게 해설을 써주신 이승하 선생님, 고맙습니다. 그리고 이 연작소설 창작의 처음과 마지막 그리고 출간까지 모두 백시종 선생님 덕분에 가능하였습니다. 거듭 감사드립니다.

2023년 6월

| 차례 | 믿을 수 없는 사람 |

작가의 말 _ 4

음모가 있을 수 있습니다 _ 10

이방인 _ 40

선택 _ 78

리수의 강 _ 112

두 남자 _ 142

벽 _ 176

내일의 노래 _ 202

작품 해설 | 국경을 넘어 동토에 뛰어들다 … 이승하 _ 232

음모가 있을 수 있습니다

음모가 있을 수 있습니다

안녕하세요? 저는 강철민입니다. 이곳에 온 동기요? 뭐, 특별한 건 없고요. 군대 가려고 휴학하고 매일 술을 마셔댔어요. 그랬더니 아버지가 백두산 천지나 한번 보고 오라고 등 떠밀더라고요. 아버지는 평생 통일을 위해 사신 분이거든요. 돈 벌 생각은 뒷전이고 요새도 평화통일위원회니 민족통일위원회니 그런 데만 쫓아다니십니다. 물론 실향민인 할아버지 한을 풀어주겠다고 그러시지만 저는 불만이 많습니다. 이번에도 관광하는 줄 알고 왔더니 역시 아니네요. 하지만 통일이라니, 솔직히 시대착오 아닌가요? 요즘 베트남, 필리핀 사람들이 우리나라에 많이 들어오고 있잖아요. 2세들도 늘어가고 말입니다. 그러니까 제 말은 한 민족이란 것이 요즘 시대에 무슨 의미가 있냐는 거지요. 북한도 미국이나 중국처럼 우리와 별개로 생각하면 그만 아닌가요? 이런 말 하기는 좀 뭣하지만 우리나라 정치판 보세요. 법안 하나 통과시킬 때도 국회에서 폭력을 휘두르고 난리잖아요. 그런데 남북의 권력이 합친다고요? 아, 물론 연방이니 뭐니 해서 방법은 있겠지요. 여기 버스에 타신 분들이 북한 이야기 많이 한다고 그걸 비난하는 건 아니고요. 아버지 생각이 나서 제가 좀 짜증이 났나 봐요. 아무튼 어제도 그제도 어르신들 말씀 들으니 모두 훌륭하시더라고요. 아버지 백으로 왔으니까 잘 구경하고 가겠습니다. 참, 우리 아버진 아직 백두산을 한 번도 안 오셨어요. 통일이 되면 직접 북한 땅을 밟고 가시겠답니다.

가이드가 내 옆에 다가선다. 그제야 버스 안의 썰렁한 분위기를 눈치챘다. 가이드에게 마이크를 넘겨주고 인사를 마치자 사람들이 박수를 친다. 고개를 드는 순간 버스의 가운데 앉은 천과 눈이 마주친다. 천의 입꼬리가 살짝 올라갔지만 두 눈은 전혀 웃고 있지 않다. 천에게 목례를 한 뒤 맨 뒤에서 두 번째인 내 자리로 돌아와 앉는다.

45인승 버스에 25명이 탑승해서 뒷좌석은 비어 있다. 압록강탐사단을 태운 버스는 사흘째 비포장도로를 달리는 중이다. 버스가 심하게 덜컹대서 아무도 뒷좌석 부근에 오지 않는다. 버스는 서너 시간씩 쉬지 않고 달린다. 무료한 시간을 보내려고 사람들은 자신들의 이야기를 하나씩 꺼내놓는다.

가이드는 연신 버스가 지나고 있는 지역을 안내한다. 창밖에는 수없이 늘어선 자작나무들이 숲을 이루고 있다. 대나무처럼 쭉쭉 뻗어 올라간 자작나무가 흰 뼈처럼 허옇게 서 있다. 간혹 N자 모양으로 휘청 휘어진 어린 자작나무도 눈에 띈다. 저기 보이는 자작나무 껍질로 편지를 쓰면 연애가 잘됩니다. 지금 연애하시는 분은 자작나무 껍질에 편지를 써서 보내십시오. 가이드가 얼굴을 붉힌다. 큰 키에 마른 몸, 가냘픈 인상의 가이드는 쉰 살 된 조선족이라고 한다.

자, 이 지역엔 휴게소나 식당이 없습니다. 가까운 숲에 내려서 도시락을 먹겠습니다. 버스가 멈춰 서자 사람들이 모두 내린다. 나는 가이드에게 다가선다. 어제 저녁에 먹은 정체를 알 수 없는 고기 때문에 온몸에 두드러기가 난 것이다. 무릎과 팔꿈치가 가렵더니 얼굴까지 울긋불긋하다. 저는 차에 남겠습니다. 내 말에 가이드가 알았다고 말하더니 도시락이 든 박스를 들고 숲으로 걸어간다.

소변을 보기 위해 잠시 버스에서 내려서 버스 뒤로 걸어간다. 사람들의 눈에 띄지 않기 위해 비탈로 내려선다. 누군가 내 발을 잡아채는 바람에 나는 휘청, 비탈에 나뒹굴고 만다. 넝마 같은 회색 옷을 입은 여자와 내 몸이 엉긴다. 여자가 손에 과도를 들고 있다. 여자의 새까만 눈동자 앞에 칼끝이 번쩍인다. 여자는 알아들을 수 없는 말을 재빠르게 떠든다. 분명 중국말은 아니다. 작고 마른 여자의 몸과 시커먼 얼굴이 온통 멍들어 있다. 칼을 쥔 여자의 손은 뼈가 앙상하게 드러나서 마치 열 살짜리 아이의 것 같다. 나는 일어나는 척하다가 뒤꿈치로 여자의 손을 쳐서 칼을 떨어뜨린다. 칼은 비탈 아래로 떨어져 뒹군다. 여자는 겁에 질려서 주춤주춤 물러선다. 위험으로부터 자신을 지키기 위한 유일한 수단이 작은 칼이었던 모양이다. 여자는 두 손을 모아 싹싹 빌기 시작한다.

제발 나 좀 차에 태우라요. 버스에 태워주라요. 여자의 말을 알아듣자 내 몸에 소름이 돋는다. 분명 북한 여자인 것이다. 바로 눈앞에서 탈북자를 마주치자 두렵다. 무릎을 꿇은 채 도와달라고 빌고 있는 이토록 연약하고 작은 여자가 이처럼 두렵다니.

날래 태워주지 안 캈소? 여자가 다급하게 묻는다. 이렇게 꾸물거리다가 잡히면 난 죽습네다. 여자가 울먹이더니 더 이상 말을 잇지 못한다. 탈북자······. 중국 공안에 잡히면 북송되어······. 25만 명이나 갇혔다는 수용소에 갇히거나······. 총살······. 압록강 너머 북한을 바라보며 가이드가 줄곧 떠들던 말이 하나씩 떠오른다. 탈북하다 붙잡힌 여자들이 쇠사슬에 묶여 열을 지어 끌려가는 것도 자주 목격하는 일입니다. 가이드의 말에, 설마, 그냥 겁주자는 거겠지,

웃어넘기지 않았던가.

자세히 보니 여자의 머리카락은 짧지만 엉망으로 엉키어 있다. 몸에서는 역한 냄새가 진동한다. 서른 살쯤 됐을까. 여자의 까만 눈동자와 마주치자 차마 고개를 돌릴 수 없다. 내 머릿속이 복잡해진다. 여자를 일단 버스 뒤로 데리고 간다. 망을 본 뒤 여자를 버스에 태울까 싶었지만 고개를 젓는다. 이렇게 떨리는데 내가 왜 여자를 숨겨줘야 하는가.

일이 틀릴 거라고 생각하디는 않아요. 사람들한테 련락하지 말고, 발가지지 않게서리.

여자는 두 손으로 빌면서 공포를 털어내듯 쉬지 않고 떠든다. 문득 그 모습이 낯익다. 할아버지가 돌아가시기 전, 마지막 모습과 닮아 있다. 할아버지는 치매에 걸려서 하루 종일 벽을 보고 떠들었다. 살아생전 한 번도 뱉어내지 않던 북한 사투리를 치매에 걸리자 하염없이 뱉어냈다. 나는 할아버지가 떠드는 북한 사투리를 한마디도 알아들을 수 없었지만 아버지는 할아버지의 모습을 보면서 번번이 눈시울을 적셨다.

여자의 모습이 안쓰러워서 내 점퍼를 벗어서 내민다. 여자는 움찔할 뿐 쉽게 옷을 받지 못한다. 내가 괜찮다고 두 번이나 디밀자 여자는 비로소 점퍼를 받아 들고 황망히 입는다. 작고 마른 몸이 점퍼 속에 다 감춰진다. 비로소 여자가 다소 안심하는 눈치다. 나는 그런 여자에게 결국 손을 내밀고 만다.

자, 내 뒤에 바짝 붙어요. 여자는 내가 시킨 대로 몸을 최대한 낮추더니 내 허리를 꽉 잡는다. 버스의 뒤에 멈춰 서서 재빨리 숲 주변을 살핀다. 사람들이 도시락을 먹느라 누구도 버스 쪽에 관심을 두는 것 같지 않다. 여자를 얼른 버스에 타게 한다. 그런 뒤 나도 뒤따라 버스에 오른다. 여자는 바닥에 엎드리다시피 해서 엉금엉금 긴다. 맨 뒤까지 가세요. 여자는 내가 시킨 대로 맨 뒤로 가더니 의자 아래의 빈 공간에 쪼그리고 앉는다. 한 마리 개처럼 납작 웅크린 채 나를 올려다본다.

아무한테도 말하지 않갔지요? 내래 사람 장사꾼에 팔려서 압록강 부근 마을까지 왔소. 컴컴할 때 강을 건너고 중국에 와서리 다시 차를 타고서리 왔디요. 그래, 어딘지도 모르고 살았지 안갔소. 남자가 나를 다시 팔려고 해서 도망 나왔소. 아깐 그놈인 줄 알고 칼을 빼든 것이오. 밭일 간 틈을 타서리, 인차(즉시) 도망 왔디요. 여자는 숨차게 말을 뱉어낸다.

식사를 끝낸 사람들이 하나 둘씩 버스로 걸어오고 있다. 나는 자리로 돌아가서 앉는다. 사람들이 여자에게서 풍기는 지독한 냄새를 맡으면 어쩌지. 내가 여자를 숨겨줬다는 것을 들키면 무슨 일이 생기는 거지. 나는 고개를 젓는다. 뙈기밭을 경작하고 옥수숫대로 지붕을 올리고 사는 북한 주민의 형편을 보며 사람들은 얼마나 가슴 아파했던가. 그러니 누구든 저 여자를 도와주려 했을 것이다.

하지만 여자를 숨긴 뒤부터 가슴이 두근대는 것을 진정하기 어렵다. 내 관심 밖이던 사람들의 행동이 이제는 작은 손짓 하나, 말소리 하나도 예사롭지 않게 느껴진다. 분홍셔츠는 여자를 어떻게 하자고 말할까.

선글라스는, 청바지는……

버스에 올라타는 한 사람 한 사람 뚫어지게 쳐다본다. 그들의 반응이 어떨지 궁금해서 내 몸이 달아오른다. 시간이 느리고 팽팽하게 흐르는 것 같고 작은 소리 하나에도 의미가 부여되기 시작한다. 무심하려 애써도 더 예민해진다.

옆에 안 탄 분 없지요? 가이드가 소리치더니 좌석을 일일이 확인한다. 가이드가 내 자리까지 걸어온다. 잔뜩 긴장했지만 가이드는 내 앞에서 뒤돌아 제자리로 간다. 그제야 나는 참고 있던 숨을 내뱉는다. 자, 모두 타신 것 같습니다. 버스가 드디어 출발한다.

도시락이 좀 맛없었지요? 그래도 굶는 것보다는 낫지 않습니까? 가이드가 겸연쩍은 듯 소리 내어 웃는다. 그리고 이번 여행을 성사시키느라 애를 많이 쓰신 우리 회장님께서 한 말씀 하시겠답니다.

맨 앞에 앉은 선글라스가 마이크를 넘겨받으며 사람들 앞에 선다.

예. 다름이 아니고……. 아까 젊은 친구가 한 말을 생각하니 격세지감을 느껴서 말입니다. 아까 저 젊은이! 선글라스가 검지로 나를 가리킨다. 나는 하마터면 네! 하고 자리에서 일어설 뻔했다. 선글라스가 헛기침을 하며 목소리를 가다듬는다. 잘 들어보세요. 누가 뭐라 해도 통일은 반드시 되어야 합니다. 내가 이 탐사를 계획한 이유가 바로 그런 데 있어요. 우리는 나한테 이익이 되나 안 되나보다 그것이 옳은가 아닌가부터 따져봐야 합니다. 특히 젊은이라면! 설혹 나한테 불이익이 생기더라도 누군가는 그런 일을 해야 하지 않겠습니까? 사람들이 박수를 친다. 선글라스는 흐뭇한 표정을 짓는다. 선글라스는 작정한 듯 이야기를 멈추지 않는다.

그리고 얼마 전 북한 주민 스물다섯 명이 베이징의 스페인대사관 앞에서 탈출한 것을 봤어요. 탈북자가 한꺼번에 스페인대사관으로 몰려듭디다. 그 사람들이 무사히 대사관으로 들어가자 북조선난민구원기금의 관계자들이 탈북자 이름을 발표하더군요. CNN과 AP통신이 이 소식을 긴급 뉴스로 전 세계에 전하고 말이지요. 그때 얼마나 가슴이 뭉클했는지 모릅니다. 사람들이 또 박수를 친다. 선글라스가 뭐라고 떠들든 나한테는 중요하지 않다. 오히려 떠드는 누군가가 있다는 것이 안심이 된다.

선글라스가 연설을 이어가는 동안 가이드가 좌석을 돌며 생수를 한 통씩 건넨다. 나는 앞으로 뛰어가서 생수통을 집어 든다. 아이고, 우리 철민 씨가 오늘 행동이 아주 빠르네요. 가이드가 눈을 찡긋하며 돌아선다. 자리에 앉기 전 나는 여자를 살펴보려다가 포기한다. 기사가 백미러로 보고 있을지도 모른다는 걱정이 앞선 것이다. 여자를 버스에 태우기 전만 해도 내게 탈북자는 연예인이나 해외토픽에 난 인물처럼 가십 정도였다. 하지만 지금은 내 뒤에 숨겨진 여자처럼 나 역시 탈북자라도 된 것처럼 조마조마한 것이다.

'천에게 여자가 탔다고 말하자.'

나는 고심 끝에 결정을 내린다. 천은 고개를 숙인 채 메모를 하고 있다. 어젯밤에도 천은 밤늦도록 무언가 기록하느라 바빴다. 틈틈이 북한 주민을 위해 기도를 올리기도 했다. 뭐 하러 북한 사람들한테 관심을 가지고 그래요? 우리나라에도 길바닥에 박스 깔고 자는 사람들이 널렸는데. 종로 한번 가봐요. 밤마다 지하도에 박스가 몇 미터나 늘어서는지. 나를 쳐다보는 천의 눈빛이 하도 서늘해서 나는 입을 다물고 말았다. 절대적 빈곤이라는 게 있잖아. 절대적인 고통도 있고. 하긴 아직 군대도 안 갔다 온 애송이가 뭘 알겠어? 천이 45도 백주를 글라스에 가득 따라 마셨다. 절대적이지 않은 게 어디 있어요? 자기 자신들한테 닥친 고통은 자기들한텐 다 절대적인 거지. 나도 지지 않고 덤볐다.

천은 나와 이야기를 나누는 것에 흥미를 잃은 듯 두 손을 모아 눈을 감았다. 하나님 아버지 도와주세요. 어젯밤 내내 그는 소리 내어 기도하기 시작했다. 북한 주민을 위한 기도가 이어졌다. 천의 기도는 너무나 간절해서 어깨를 들썩이며 흐느끼는 것처럼 보일 지경이었다. 긴 단발머리가 그의 얼굴을 덮어서 표정조차 살필 수 없었다. 십 분 동안 소리 내어 기도를 마친 그가 고개를 들었을 때 그의 두 눈은 울고 난 것처럼 빨갰다. 진심으로 북한 주민을 위해 기도가 나와요? 내가 물었다. 진심이 아니면? 그가 버럭 화를 냈다. 너같이 무관심한 놈들 때문에 60년 동안 북한 주민이 당에 볼모 잡혀 사는 거야. 천은 침대에 드러눕더니 천장을 향해 또다시 떠들었다.

정말 너무 갑갑해. 강가에서 빨래하던 사람들과 이야기를 나누고 싶어서 미치겠더라니까. 당장이라도 바지를 둥둥 걷고 강을 건너서 그 사람들을 만날 수 있을 것 같았어. 그렇게만 된다면 얼마나 좋았겠어. 아무나 붙들고 하룻밤만 재워달라고 했을 텐데. 북한에 대해 내가 알고 있는 것이 사실입니까? 물어도 보고 말이야. 밤새 이야기를 나누고 나면 그제야 한 줄이라도 쓸 수 있을 것 같거든. 그렇지 않고는 아무래도 진실에서 비켜날 것 같단 말이지. 세팅되거나 각색된 것을 보고 와서 글을 쓴다는 건 참을 수 없는 일이야.

압록강만 건너면 사실을 대면할 수 있는데 차 안에서 바라만 봐야 한다니. 야, 애송이, 이번 여행에서 나 사라지면 강 건너간 줄 알아!

나는 버스의 진동에 따라 흔들리는 천의 뒤통수를 바라본다. 탈북자가 탔다고 말하면 그는 깜짝 놀라겠지. 그러다가 주변 사람에게 알려지면 위험할 수도 있고. 나는 고심하다가 메모지를 꺼낸다. 탈북자가 맨 뒷자리에 숨어 있어요. 메모한 종이를 주머니에 넣는다.

박수소리가 요란하다. 선글라스가 그제야 이야기를 끝낸 모양이다. 마이크는 어느새 청바지의 손에 들려 있다. 청바지는 북경 유학을 앞두고 이번 모임에 합류했다는 청년이다. 회장님 말씀, 참 감동적입니다. 아까 기획탈북자 이야기를 하셨는데, 그 사람들이 정치적으로 악용되는 일은 없겠죠? 청년의 말이 끝나기도 전에 선글라스가 청바지를 돌아본다. 악용은 무슨……. 북한 주민의 인권이 우선이지. 그 사람들 주체사상은 알아도 대한민국이 어디에 있는 나라인지는 모른다잖아.

선글라스의 말을 자르듯 청바지가 손을 들어 보인다. 네, 좋습니다. 그럼 좀 다른 이야기를 해보겠습니다. 아까 통일이 우리에게 이익이 되느냐 되지 않느냐가 중요하지 않다고 말씀하셨는데요. 과연 그런가요? 사실 요새 나처럼 대학 졸업을 앞둔 친구들은 취업난 때문에 정말 막막합니다. 그래서 나도 도피성 유학을 하는 거구요. 기성세대는 그동안 통일을 위해 북한에 얼마나 많이 퍼줬습니까? 그렇게 돈을 쏟아붓고도 못한 통일을 우리 세대까지 부담을 가져야 한다는 것은……. 아니, 젊은 친구, 그럼 탈북자가 계속 넘어오는데 모른 척하자는 거야? 이미 시작됐어. 댐이 터지기 시작했다니까……. 청바지에게 분홍셔츠가 반박한다.

험한 돌길을 지나느라 버스가 흔들린다. 사람들도 흔들리는 몸을 바로잡으려 애쓰며 손잡이를 꽉 붙잡는다. 버스는 더욱 심하게 요동친다. 그 바람에 마이크를 잡고 있던 청년이 선글라스에게로 쓰러지듯 넘어진다. 엉겁결에 두 사람의 몸이 한자리에서 서로 엉기어 버린다. 이놈의 돌길, 빨리 지나가야지, 원……. 버스 안에 탄 사람들이 한목소리로 돌길을 원망한다. 덜컹거리던 버스가 한참 뒤에야 비로소 평평한 길로 들어선다.

네. 모두 맞습니다. 다 일리가 있어요. 가이드가 사람들의 열기를 가라앉힌다. 실제로 말입니다. 용정, 화룡, 도문 지역은 조종 접경 지역이라서 탈북자가 많아요. 특히 화룡은 강폭이 좁은 두만강 상류와 접하고 강변 쪽은 조선족 마을이라서 유민이 흔합니다. 중국은 지금 어디나 탈북자가 있다고 보면 됩니다. 국경으로부터 멀고 지형이 험해서 공안의 단속이 느슨한 지역도 유민이 많습니다. 자,

여러분, 창밖을 보십시오. 가이드가 시선을 집중시킨다.

상류로 갈수록 강폭이 좁아집니다. 북한 사람들이 중국으로 건너올 수 있을 정돕니다. 사람들은 중국 방향의 불빛만 바라보고 계속 걷는 겁니다. 강을 건너려면 여름에는 홍수가 나서 위험합니다. 도랑을 잘못 짚으면 일 납니다. 힘없어서 못 일어나면 그길로 죽는 겁니다. 가을에는 옥수수도 여물고 올감자도 나고 과일도 많아서 괜찮습니다. 그래서 가을이 되면 탈북자가 더 많이 내려오는 겁니다. 그때 베레모가 손을 든다. 탈북자들이 내려오면 어디로 갑니까? 일흔이라는 나이답지 않게 베레모의 목소리는 카랑카랑하다.

탈북자는 대부분 단속이 덜한 지역으로 숨지요. 조선족이 거둬주면 숨어서 밭일도 하고요. 밤에는 단속을 피해 비밀 땅굴이나 초막 같은 데 삽니다. 나이 많은 남자와 살거나 브로커에게 팔려가기도 해요. 거기서도 구석에 가둬져서 바깥출입도 못하지요.

와아, 그런 식이라면 정말 탈북자 숨겨주기도 쉽지 않겠는데. 사람들이 수군거린다. 여러분, 저기 보십시오. 그때 가이드가 말한다. 저 민둥산에도 천지꽃이 피었습니다. 떼기밭이 이어지지만 천지꽃이 철없이 피었습니다. 천지꽃은 남조선 말로 진달래꽃입니다. 이제 좀 쉬었다 가겠습니다. 내리시면 대충 골짝 같은 데서 일 보시고 올라오십시오.

나는 그제야 안도의 숨을 내쉰다. 사람들이 다 내리자마자 나는 여자에게로 다가간다. 여자는 의자 사이에 애처롭게 쪼그리고 앉아 있다. 눈에서는 금방이라도 빨간 피가 흘러나올 것 같다. 쉿, 쉿. 여자는 손가락을 입술에 자꾸 갖다 붙이며 어서 가라고 손짓한다.

몇몇 사람들이 버스 앞에서 스트레칭을 하고 있다. 비탈진 곳으로 걸어가자 천이 소변을 보고 있다. 그 옆에 붙어서며 천의 주머니에 메모지를 넣는다. 천은 나를 힐끗 한번 쳐다볼 뿐 아무것도 묻지 않는다.

그때 지프차 한 대가 달려온다. 차가 전혀 다니지 않던 도로에 갑자기 지프차가 출현한 것이다. 지프차는 서행하더니 버스 뒤에 멈춰 선다. 공안 두 명이 지프차에서 내린다.

사진을 문제 삼을 수 있으니 카메라를 든 분은 얼른 차에 올라타세요. 가이드가 주의를 준다. 그리고 이곳은 주차하는 구역도 아니고 사진을 찍는 구역도 아닙니다. 가이드가 덧붙인다. 덩치가 큰 공안 두 명이 일행과 버스 사이를 왔다 갔다 한다. 나는 여자를 보호하기 위해 얼른 버스에 올라탄다.

공안이 지프를 타고 직진하는가 싶더니 직진한 거리만큼 다시 후진해서 정차한다. 그들은 가이드에게 다가간다. 공안이 버스에 올라타서 여자를 발견하면 여자는 바로 체포될 것이다. 체포된다면 나는 무얼 해야 하는 거지. 뭐야. 왜 저래. 왜 안 가고 비린내 맡은 고양이처럼 서성대는 거야? 버스에 탄 사람들이 웅성댄다. 차창 밖을 내다보니 가이드와 공안은 대화를 주고받고 있다. 순조롭지 않은 듯 가이드의 얼굴이 굳어진다. 일 분 일 초가 일 년은 되는 것처럼 길게 느껴진다. 공안이 돌아서고 가이드가 버스에 오른다. 곧바로 차가 출발한다. 그제야 나는 긴 숨을 내뱉는다.

우리가 자꾸 수군거리니까 수상해서 와 본 거랍니다. 아마 분위기가 이상했던 모양입니다. 여러분이 마냥 자유롭게 살다가 이곳에 오니까 은근히 긴장한 것 같습니다. 가이드가 웃자 몇몇 사람들도 따라 웃는다.

나는 천을 뚫어져라 쳐다본다. 그는 쪽지를 본 것인가. 왜 아무 말도 없을까. 천이 내게 줄곧 하던 말이 떠오른다. 북에 사는 주민이 무슨 죄가 있어? 통일 같은 건 모른 척하고 현상 유지만 추구한 우리가 문제지. 세계는 북한이 핵전쟁이라도 벌일까 봐 벌벌 떨고 있고. 너, 그거 알아? 중국 공안이 탈북자를 북송하는 게 국제법에 위반되는 거 말이야. 국제법엔 강제송환이 금지되어 있거든. 천이 하던 말을 떠올리며 나는 천을 믿어보기로 한다.

이윽고 천이 자리에서 일어선다. 드디어 올 것이 왔구나 생각하며 천의 행동을 주시한다. 그는 곧장 버스 뒤로 걸어온다. 내 눈을 애써 외면하며 맨 뒷자리까지 와서 멈춘다. 그는 내 예상과는 달리 단지 사물을 관찰하려는 사람처럼 무표정하다. 천은 여자를 보기 위해 고개를 숙인다. 여자는 어떤 표정으로 천을 보았을까. 낯선 사람의 등장에 공포를 느꼈을까. 나는 천을 뚫어지게 바라본다. 뜻밖에도 천은 아무 말 없이 돌아선다. 내게 무슨 말이라도 귀띔할 줄 알았는데 그런 일조차 없다.

저어, 천 선생님……. 하마터면 나는 그를 부를 뻔했다.

천 선생! 천을 불러 세운 것은 내가 아니라 가이드다. 천은 가이드 옆으로 다가선다. 천 선생은 우리 모임의 유일한 작가십니다. 별로 말씀이 없으신데 나오신 김에 한 말씀 하고 들어가십시오. 가이드가 마이크를 천에게 건넨다. 천은 머리를 긁적이며 어색하게 웃는다.

저어, 글쎄요. 만약에 제가 관광하다가 탈북자를 만나면 어떻게 해야 합니까? 네. 아주 좋은 질문입니다. 그럼 제가 거꾸로 한번 물어보겠습니다. 천 선생님이라면 그런 경우 어떻게 하겠습니까?

글쎄요. 그 사람 붙들고 취재부터 해야겠죠? 하하. 요새 우리 작가들, 탈북자 소설 쓰는 거 유행이니까요. 나도 빨리 그 대열에 합류해야지요. 제가 너무 솔직했나요? 적어도 저는 솔직하기는 합니다. 하하하. 다 농담이고……. 글쎄요. 잘 모르겠습니다. 탈북자를

음모가 있을 수 있습니다 25

만나면 어떻게 할까요? 솔직히 나는 여기 계신 분들이 탈북자를 만나면 어떻게 할지 정말 궁금합니다.

천은 호기심이 가득한 눈으로 좌중을 둘러본다. 그의 표정은 신기한 실험이라도 앞둔 아이처럼 긴장감이 흐른다. 나와 눈이 마주치자 천은 가이드에게 마이크를 넘기고 제자리에 앉는다.

탈북자 만나면 당연히 도와줘야지. 선글라스가 기다렸다는 듯 대답한다. 맞아요. 중국에서 여권을 만들고 우리 비자를 받아 중국인 행세를 하면서 한국에 들어올 수 있다고 들었소. 베레모도 거든다. 몽골, 라오스, 태국 등의 육로로 들어가 제3국에서 난민 지위를 받게 할 수도 있다던데요. 분홍셔츠도 아는 체를 한다. 정말 많이 알고 계시네요. 놀랐습니다. 가이드가 손뼉을 짝짝짝 친다. 탈북하는 게 그렇게 어려운 건 아니네요? 청바지가 가볍게 한마디 툭 던진다. 그래요? 탈북자가 만약 공안에 잡혀 북송되면 수용소에 갇히거나 처형될 수도 있는데 말입니까? 가이드가 청바지에게 묻는다.

'그러면 지금 버스에 탄 저 여자는 어떻게 하면 되지요?'

나는 그렇게 묻고 싶은 것을 억지로 참는다. 천이 물어줄 때까지 기다리기로 작정했지만 천은 꼼짝도 하지 않고 있다. 천은 노트에 무언가 기록하고 있다. 지금 메모할 때가 아니지 않은가. 저렇게 한가하다니. 숨은 여자를 위한 어떤 행동이라도 보여야 하지 않는가.

천이 태연할수록 나는 더 안절부절못한다. 내 바로 뒤에 숨어 있는 여자의 숨소리가 점점 더 크게 들려오는 것 같다. 혹은 여자가 발작이라도 일으킬지도 모른다. 암흑 속에 웅크리고 있던 여자가 더 이상 참지 못하고 튀어나온다면 어쩔 것인가.

우리 이제 그런 이야기 그만하고 재밌는 이야기 좀 합시다. 가운데 앉은 챙모자를 쓴 여자가 제안한다. 네, 좋습니다. 지금부터 재밌는 이야기 하나 하겠습니다.

아니, 근데 저 차가 왜 자꾸 따라오지? 가이드가 문득 중얼거린다. 그 바람에 사람들이 일제히 뒤를 돌아본다. 그들의 시선과 마주치자 나는 황망하게 몸을 뒤로 튼다. 과연 은색 승용차가 바짝 붙어오는 중이다. 운전석과 옆자리에 양복을 입고 넥타이를 맨 남자들이 타고 있다. 이런 관광지역에 양복 차림이라니.

조금 전 공안이 나타난 뒤부터 따라붙고 있습니다만. 가이드는 주춤주춤 말을 아낀다. 자, 여러분, 모두 앞을 보십시오. 아까도 그랬지만 괜히 우리가 소란을 피우면 오히려 의심을 사게 됩니다. 여기 공안이 아무런 문제가 없는데 차를 세우지는 않습니다. 가이드가 침착하게 설명한다. 그래도 이거, 분위기가 어째 이상합니다. 느낌이 좀 안 좋아요.

그때 선글라스가 소리를 지르며 벌떡 일어선다. 아니, 이게 뭐야.

이거 누가 나한테 줬어? 가이드가 선글라스에게 다가가더니 메모지를 넘겨받는다. 사각형의 노란 메모지는 내가 천에게 준 바로 그 종이가 분명하다. 가이드가 메모지를 펴들고 뒤쪽으로 뚜벅뚜벅 걸어온다. 천은 선글라스에게 몰래 그 쪽지를 넘긴 것인가. 그렇다면 아무도 내가 여자를 데리고 올라왔다는 것을 모르게 된 것이다. 아니, 천이 그 사실을 알았다는 사실도 없던 것이 된다. 아니다. 지금 그런 것이 중요한 것이 아닌 것이다.

가이드의 몸이 의자 속으로 사라지더니 여자의 상체와 함께 드러난다. 가이드에게 두 팔이 붙잡힌 여자가 오들오들 떤다. 여자가 나를 아는 체할까 봐 얼른 고개를 돌린다. 순간 험한 돌길을 지나던 차가 위로 붕 뜨더니 아래로 쿵, 내려앉는다. 내 머리가 버스 천장에 쾅 부딪히고 여기저기서 어이쿠, 신음이 터져 나온다. 가이드의 손에 붙들린 여자도 중심을 못 잡은 탓에 버스 통로의 중간까지 밀려 나가고 만다.

여자는 통로에 서서 쩔쩔맨다. 그때 여자가 안고 있던 보따리가 내 발 앞으로 쑥 밀려온다. 나는 그 보따리를 집어 옆자리에 던져놓는다.

저 여자 탈북자 아냐? 누군가 소리친다. 뭐 탈북자? 사람들이 신기한 동물을 구경하듯 여자를 돌아본다. 그래서 차들이 우리를 따라다니는 거야? 저마다 한마디씩 뱉는다. 이러다가 우리한테도 무슨 문제 생기는 거 아냐? 설마, 이제 여행 사흘짼데……. 글쎄, 그게 문제가 아니지. 우리 모두 조사받게 될지도 몰라. 아니면 여기서 억류될지도 모르고. 그런데 저 여자가 어떻게 차에 타게 된 거지. 뒤를 봐. 여전히 차가 따라붙는데, 저 여자를 이대로 태우고 가도 괜찮겠어? 사람들이 어수선하게 떠들고 있다.

천은 웅크린 채 무언가를 쓰고 있는 듯하다. 어쩌면 지금 벌어지고 있는 이 상황을 소설로 옮기고 있는지도 모른다. 대책을 세워야 해요. 분홍셔츠가 말한다. 대책이 뭐 있어요. 여자가 하자는 대로 하면 되지. 청바지가 말한다. 가운데 앉아 있던 사람 중 몇몇은 자리에서 일어나서 여자를 기웃거린다. 강도라도 만난 듯 표정이 얼어붙어 있다. 차츰 사람들의 설왕설래가 사라지고 그 대신 버스가 내는 소음이 더 요란하게 들려온다.

제가 한마디 안 할 수 없네요. 무거운 침묵을 깬 것은 가운데쯤 앉아 있던 챙모자를 쓴 여자다. 여자는 제자리에 선 채 말문을 연다. 얼마 전 대사관에 들어간 탈북자를 티브이에서 본 적이 있어요. 요새 탈북자들 정말 영악하던데요. 남조선 가면 차별받는다고 이왕이면 미국으로 보내 달라고 하더라니까요. 그러니 저 여자가 어떤 생각으로 이 버스를 탔는지, 과연 정체가 뭔지 확실히 알 수 없잖아요. 맞아요. 알 수 없어. 베레모가 큰 소리로 맞장구친다.

그렇다면 큰일이지요. 사실 이번 여행은 단순하지 않아요. 이거 지원금 받아서 진행하는 거라서, 위에 보고해야 하는데, 저 여자에 대해 말이 나온다면 껄끄러울 수도 있어요. 선글라스가 사람들의 눈치를 살피며 띄엄띄엄 말한다.

조금만 조용히 해주세요. 아무리 공안이라 해도 여기는 엄연히 관광구역 아닙니까. 저 차가 지금 우리 차를 따라오고 있다는 증거도 없습니다. 따라온다고 해도 크게 문제될 건 없습니다. 가이드가 분위기를 가라앉히려고 애쓴다. 그래도 불안해. 한두 사람이 가이드의 말에 반박한다. 그러자 대세는 또다시 불안하다는 쪽으로 기운다.

만에 하나, 여자가 발각되어 공안에 끌려가도 여러분에게는 어떤 불이익도 없을 겁니다. 가이드가 차분하게 설명한다. 그걸 어떻게 장담해? 재수 없으면 어떻게 될지 알아? 분위기가 경색되면 아무것도 아닌 일도 한순간에 엉망이 될 수도 있어. 자, 그럼 이렇게 하면 어때요? 저 여자에게 자기소개를 하게 하면 되잖아요. 청바지가 제안한다. 좋습니다. 좋아요. 그럼 우리가 여자를 파악해 볼 수 있으니까. 모두 청년의 말에 박수를 친다. 사람들의 분위기가 이리저리 휩쓸려 다닌다. 어느 순간 예상치 못한 방향으로 흘러갈지 모를 일이다.

가이드가 여자와 한동안 이야기를 나눈다. 이윽고 가이드는 여자에게 마이크를 건넨다. 여자는 쉽게 말문을 열지 못한다. 가이드가 재촉하자 한숨부터 마이크에 쏟아낸다.

저는 압록강 건너서 중국에 왔습네다. 팔려간 집에서 나를 데리고 있던 남자가…….

여자는 잠시 말을 잇지 못한다. 여자의 말이 이어질 때까지 버스 안에는 기침소리조차 들리지 않는다. 그 작자가 공안이 자꾸 들락거려서 겁나니까 나를 다른 데 팔아넘기기로 했디요. 그래서 남자가 밭일 나간 틈을 리용해서 위생소 가는 척하고 도망쳤습네다. 그러다가 차가 보이기에 냅다 올라탄 겁네다. 차문이 열려 있어서리……. 여자는 내가 버스에 태워준 사실을 끝내 숨긴다.

장춘에서 하루 재워주고 대사관에 갈 수 있도록 도와주면 안 됩니까? 청바지가 조심스럽게 의견을 내놓는다. 그래. 그러면 되겠네요. 분홍셔츠가 동조한다. 천만에, 저 뒤에 따라오는 차 안 보여요? 챙모자를 쓴 여자가 말한다. 저놈들 분명 공안이야. 척 보면 알아. 저 여자 데리고 살던 중국인이 신고했을 거야. 아마 관광차가 지나는 것을 봤겠지. 탈북자 잡으면 포상금도 생기니까 저놈들이 더 혈안이라고. 장춘에 도착하기도 전에 끌려가게 될 거야. 사람들의 설왕설래가 더 깊어진다.

공안한테 들켜도 우리에게 불이익은 없습니다. 가이드가 마이크를 들고 일어선다. 중국 사람들은 남조선 사람과 북조선 사람을 같은 민족이라고 생각합니다. 그러니 그 사람들한테 같은 민족을 도와주는 데 왜 참견이냐고 하면 저들도 그냥 갑니다. 돈을 줘서 돌려보낼 수도 있고요.

어허, 이 사람, 내가 겪어봐서 아는데, 저쪽 사람들, 그렇게 만만하지 않아요. 가이드의 말을 자르며 베레모가 말한다. 당신은 조선족이라 우리가 저쪽 사람을 어떻게 생각하는지 잘 모르고 하는 말이오. 우린 저쪽 사람이 내려오면 일단 수상하다고 생각한단 말입니다. 심지어 간첩일지도 모른다고 말이오. 베레모의 목소리는 버스의 덜컹대는 소리에 잠시 묻혀버린다.

나는 창밖으로 시선을 돌린다. 여전히 압록강이 유유히 흐르고 있다. 그 너머 떼기밭도 여전히 이어진다. 중국 땅을 달리며 압록강 너머로 바라보이는 북한이란 곳이 처음으로 내게 실감나게 다가온다. 저기 앞에 있는 저 마을 어디쯤에 여자가 살다가 압록강 건너서 중국 땅에 숨어들었단 말이지. 그리고 지금 우리와 함께 이 버스에 타고 있단 말이지. 나는 압록강 너머 보이는 허름한 초가집을 관심 있게 바라본다. 사립문을 열고 한 여자가 보따리를 가슴에 안은 채

이 버스를 바라보고 있을 것만 같다.

네, 좋습니다. 가이드의 목소리에 나는 귀를 기울인다. 만약 여기 계신 분들이 단 한 명이라도 이 여자를 데리고 가는 것에 찬성하지 않으면, 좋습니다. 이 북조선 여자를 당장 내려놓을 수밖에 없습니다. 안 그러면 제가 십여 년 해온 여행사도 곤란해질 수 있습니다. 여기서는 모두 찬성해서 여자를 피신시킨다고 해도, 일이 벌어질 수 있습니다. 하지만 만약 백 프로 찬성하면 나는 위험을 무릅쓰고 이 여자를 돕고 싶습니다.

우린 단순하게 생각할 수 없어요. 뭔가 음모가 있을 수 있어요, 음모가. 음모? 그럴 수도 있어. 음모……. 여기저기 수군대는 소리가 들리기 시작한다. 그렇잖아도 서로 견제하고 음모하는 놈들이 득실대는데……. 색깔론에 휘말리기라도 한다면……. 그때 여자가 벌떡 일어선다. 여자의 새까맣고 멍든 얼굴과 하늘색 점퍼가 유별나게 부조화다. 분명 내 점퍼인 것을 눈치챘을 텐데도 누구도 그것에 대해 말하지 않는다. 여자가 버스 바닥에 무릎을 꿇는다.

내래, 북조선에서 넘어올 때 만 원에 팔려왔습네다. 공안에 잡혀 북조선에 가면 어머니도 저도 식구도 죽습네다. 제발 좀 살려만 주시라요. 여자가 두 손으로 빌기 시작한다. 여자의 눈은 맨 뒤에 앉은 나를 찾아 더듬고 있다. 여자와 눈이 마주치자 나는 천을 바라본다. 천은 철저히 방관자처럼 창밖을 바라보고 있다. 여자와 다시 눈이 마주칠까 봐 나는 얼른 고개를 숙인다. 그때 의자에 올려놓은 보따리가 이물스럽게 내 눈에 들어온다. 가이드가 여자를 일으키며 자리에 앉힌다.

희생을 각오하고라도 여자를 살려주자고 나서는 사람이 없네요. 모두 아무 말도 안 하니 내가 알아서 해도 되는 겁니까? 아무도 먼저 속내를 드러내지 않는다. 가이드는 선글라스에게 다가가서 고개를 맞대고 이야기를 주고받는다. 그런 뒤 가이드는 어딘가로 통화를 한다. 통화를 끝낸 다음 가이드는 기사에게 무언가를 지시하더니 그제야 자리에 앉는다.

버스는 쉬지 않고 달린다. 승용차도 여전히 뒤에서 따라붙고 있다. 버스는 드문드문 중국의 인가가 보이는 마을을 지나간다. 나는 무릎에 올려놓은 보따리를 만지작거린다. 용기를 내어 보따리의 매듭을 풀어본다. 허름한 속옷과 치마, 양말, 낡은 공책이 눈에 띈다. 공책의 첫 장을 들춰본다.

리미화.

여자의 이름인 모양이다. 주소가 적혀 있고 띄엄띄엄 쓴 편지도 몇 장 있다. 사진 두 장이 바닥에 툭 떨어진다. 사진을 집어 든다. 한 장은 여자의 엄마를 찍은 사진 같다. 다른 한 장은 아이를 안은 남자와 여자가 함께 찍혀 있다. 손수건에 싸인 물건도 눈에 띈다. 손수건을 풀어내자 그 속에 자작나무 껍질이 나온다. 꼭 다시 만나. 천지꽃 필 때. 자작나무 껍질에 글씨가 선명히 새겨져 있다. 나는 다시 보따리의 매듭을 묶는다. 여자에게는 너무나 소중한 물건들이 들어 있는 보따리를 손에 든다. 여자에게 당장 가져다주어야 하는 것이다.

버스가 서행하는가 싶더니 가파른 비탈에 바짝 붙어 달린다. 차바퀴가 금방이라도 비탈 아래로 떨어질 것 같다. 나는 여자에게 다가가기 위해 자리에서 일어선다. 앞자리에 앉아 있는 여자는 울고 있는 것인지 어깨가 자꾸 들썩인다. 순간 버스가 멈춰 선다. 덜컹, 차문이 열리더니 가이드가 여자의 등을 떠민다. 여자는 내려가지 않으려고 버티다가 곧 폐기물처럼 차에서 버려진다.

그러자 어이쿠, 아아, 라고 여자가 질러야 할, 혹은 질렀을 비명이 여기저기서 터져 나온다. 하지만 아무 일 없다는 듯 차문이 닫히고 차는 쿨렁, 한차례 몸을 떨더니 출발한다. 아마 뒤따라오던 승용차는 버스가 장애물을 피해 서행하고 있다고 여겼을 것이다. 비탈에서 한참을 굴러떨어진 것인지 여자는 사라지고 보이지 않는다.

붙잡히면 어쩌려고 여자를 떠민 겁니까! 내가 소리치자 사람들이 모두 뒤돌아본다. 아니, 각자 잘살면 된다더니 왜 소리 지르고 지랄

이야. 분명히 그 말을 한 것은 천이다. 순간 나는 천이 앉아 있는 곳까지 단숨에 내닫는다. 내가 휘두른 주먹에 천의 머리가 옆으로 휙 돌아가고 코피가 주르르 흘러내린다. 청바지와 분홍셔츠가 나를 천에게서 떼어내려고 애쓴다.

이런 나쁜 새끼. 기도는 뭐고 인권은 얻다 삶아 먹었어? 천은 손수건으로 코피를 닦더니 나를 보고 씨익 웃는다. 그 웃음이 이상하게 내 뜨겁던 피를 한순간 서늘하게 만들어놓는다.

자식, 역시 애송이야. 그렇게 호락호락한 게 아냐. 여기 계신 분들 어떻게 처신하는지 잘 보고 배우라고, ……. 저분들이 그러시잖아. 음모가 있을 수 있다고…….

천의 가라앉은 목소리와 차가운 표정에 버스에 탄 사람들은 얼어붙은 듯 조용하다. 고개를 돌리고 소란을 지켜보던 사람들은 이제 모두 정면을 바라보고 있다. 나는 흐느적흐느적 걸어서 뒤로 돌아온다. 그런 뒤 내 자리에 털썩 앉는다.

아니, 저 차는 도대체 뭔데 아직도 따라붙는 거야. 선글라스가 침묵을 깨며 말한다. 더 이상 아무도 돌아보지 않는다. 아마 나와 눈이 마주칠까 봐 두려워하는지도 모른다. 괜찮습니다. 아무런 문제도 없습니다. 가이드가 침착하게 말하더니 허공을 바라본다. 여자는 내가 아는 조선족 집에 선을 닿아놨으니까 도와줄 겁니다. 가이드의 목소리가 작아지는가 싶더니 숨을 몰아쉰다.

　이 버스는 잠시 뒤 식당으로 들어가겠습니다. 거기서 밥을 먹고 나면 아무렇지도 않을 겁니다. 만약 누가 무슨 말을 물어도 아무 일도 못 본 척하면 됩니다. 우리가 본 것은 없습니다. 우리가 한 짓도 없습니다. 아무 일도 없었던 것과 마찬가집니다. 여자분은 이미 내렸고 우린 아무 죄도 없잖습니까. 그러니 이제 마음을 놓으십시오. 누군가가 박수를 친다. 하나둘씩 박수를 치기 시작한다. 나와 가이드만 빼고 모두 박수를 치고 있다.

　이제 우리는 중국식 뷔페로 식사를 할 것입니다. 닭백숙이 주 메뉴가 될 겁니다. 가서 독주나 나눠 마십시다. 가이드의 목소리가 커졌다가 제멋대로 작아진다. 감정을 꾹꾹 누르고 있는 듯하다. 멋진 식사가 될 겁니다. 그 마지막 목소리가 날카로운 바늘처럼 내 목구멍에 꽂힌다.

　아, 차가 사라졌네. 선글라스가 뒤를 돌아보더니 탄성을 지른다. 과연 따라오던 승용차는 흔적도 없다. 승용차는 처음부터 같은 방향을 달리고 있었을 뿐인가. 사람들은 그것에 대해 아무도 언급하지 않는다. 다만 장애가 없어진 것에 안도하는 분위기다. 사람들이 전염되듯 하나둘씩 기지개를 켠다. 얼마나 시간이 흘렀을까. 하나둘씩 고개를 떨어뜨리고 졸기 시작한다. 잠이 든 머리가 복도 쪽으로 마치 검은 공처럼 흔들린다. 차가 움직이면 따라 움직이고 차가 많이 움직이면 머리도 많이 흔들린다.

  나는 무심히 흔들리는 사람들을 바라보며, 리, 미, 화, 나직이 불러본다. ◆

이방인

이방인

25인승 버스가 중국 연변조선족자치주 화룡시를 달리고 있다. 차창 밖에는 2미터 넘게 쭉 뻗은 앙상한 옥수숫대가 누런 바다처럼 펼쳐진다. 옥수수밭으로 들어가면 흔적 없이 몸을 숨길 수 있을 듯하다. 두만강을 건너온 정화는 저 옥수수밭에 숨어서 떨리는 걸음을 한 발씩 떼어놓았을 것이다. 빈 옥수숫대는 빛과 어둠을 빨아들이며 그곳으로 몰래 숨어든 정화의 방패가 되었으리라. 동트기 전에 조선족 마을로 숨어들기 위해 가슴 졸이며 걷는 정화의 모습이 눈에 보이는 듯하다. 옥수숫대가 바람에 부스럭대는 소리에도 간담이 서늘했다던가. 깡깡 마른 옥수수 알맹이를 입에 넣고 허기를 달랬다던 정화. 그토록 힘겹게 탈북한 그녀는 지금 어디로 간 것인가? 천에게 정화가 남기고 간 것은 그녀가 쓰던 휴대폰뿐이다. 그

휴대폰이 처음 울린 것은 정화가 사라진 지 두 주 만의 일이었다.

"여보시오."

작고 빠른 목소리가 쫓기는 듯 다급하게 들려왔다.

"여보시오. 명철이?"

명철이라면 정화의 아들이다. 북에서는 남편이 아내를 호칭할 때 아이의 이름을 부르는 일이 흔하다 했다. 그렇다면 남자는 정화를 찾고 있는 것이다.

"명철이?"

천은 무슨 말이든 해보려고 입술을 달싹였지만 끝내 할 말을 찾지 못했다. 침묵이 이어지더니 전화가 툭 끊어졌다. 두만강 주변의 야산이나 강변의 으슥한 곳에서 통화를 시도하다가 돌발상황이 발생한 것인지도 모를 일이다. 전화가 끊어지고 나서야 남자가 과연 정화의 남편이 맞는지 의심스러워졌다. 북에 있는 가족에게 전화가 올 것을 대비해서 정화는 늘 휴대폰을 손에 쥐고 다녔다. 탈북하자마자 중국 휴대폰을 개통해서 중국 브로커를 통해 북의 가족에게 보냈다고 했다. 그녀의 집은 중국과 접경지역이어서 전화통화가 비교적 수월했던 것이다.

남자에게 걸려온 전화를 받은 뒤 천은 아무 일도 할 수 없었다. 걸려온 전화번호를 수없이 눌러봤지만 전화기는 꺼져 있었다. 마치 정화가 그랬듯이 천은 정화의 휴대폰을 항상 들고 다녔고 잠잘 때도 벨소리를 최대한 크게 해두었다. 남자에게 또 전화가 오면 물어볼 작정이었다. 당신이 정화 남편 맞습니까? 하지만 전화는 한 달이 지나도 더 이상 울리지 않았다.

답답할 때마다 천은 한 목사를 찾아가서 하소연했다. 한 목사는 일 년 전 천에게 정화를 소개시켜 준 장본인이었다. 한 목사는,

"탈북자 한 명이 한국에서 사라진 것이 무슨 대단한 일이냐. 그것은 이제 드문 일은 아니다. 그러니 또 다른 탈북자를 도와주면 그만 아니냐."

고 덤덤하게 말했다. 그런 뒤 교회에서 탈북자 실상을 이해하기 위해 두만강과 압록강을 두루 거쳐 백두산 탐사 여행을 가는 데 동행할 뜻이 있는지 물어왔다. 강 건너로 회령이나 무산을 바라볼 수 있다는 말에 속이 울렁거렸다. 무산은 바로 정화가 살던 도시였기 때문이었다.

탐사 여행을 떠나오기 직전에 북한 말투의 남자에게서 또 한 번 전화가 왔다. 신호가 울리자마자 남자는 전화를 툭 끊었고 그것을 신호 삼아 천이 서둘러 남자에게 전화를 걸었다. 돈이 없는 북한 사람은 자신이 전화를 걸어 통화료를 지불하기를 꺼린다던 정화의 말이 떠올랐기 때문이었다. 신호가 울리자 천의 가슴이 덩달아 뛰

었다.

"여보시오."

처음에 전화를 걸어왔을 때보다 신중해진 말투였다.

"아이가 많이 아파."

남자는 아예 이쪽의 말을 듣지 않기로 작정한 것처럼 자기 말부터 했다. 그러더니 천이 말하려고 기척을 하자 전화를 받는 사람이 누군지 의심이 들었는지 다급하게 전화를 끊었다.

그제야 천은 정화가 휴대폰을 두고 간 것이 단순한 실수가 아닐지 모른다고 생각했다. 가족이 있는 곳으로 돌아간다는 표시로 휴대폰을 천에게 두고 간 것은 아닐까? 차마 그곳으로 간다는 말을 직접 할 수가 없어서 자신의 흔적을 남기듯 휴대폰을 두고 간 것인가? 정화가 평소에 그에게 하던 말이나 행동을 보면 그럴 수도 있겠다 싶었다. 그렇지 않고서야 그녀가 한 번도 손에서 떼지 않던 휴대폰을 두고 갔을 리가 없다는 데 생각이 미쳤다. 다만 북한의 남자에게서 전화가 걸려오는 것으로 미루어 아직 북한에 있는 자기 집으로 간 것은 아닌 듯했다.

버스는 중국 화룡시의 비포장도로를 달리느라 요란하게 흔들린다. 정화에 대한 상념을 박살내듯 버스는 요동치고 천은 머리를 차창이나 버스 천장에 수시로 박아댄다. 그럴수록 손에 든 휴대폰을 더 꽉 쥔다. 남자에게서 전화가 온다면 확실하게 말할 것이다. 지금 정화를 만나고 싶어서 중국에 와 있다고. 남자는 어떤 반응을 보일까. 만약 당신은 누구요? 라고 묻는다면 천은 대답할 것이다. 나는 한국에 있는 정화를 사랑하는 사람입니다, 라고.

* * *

정화와 가까워진 것은 천으로서는 뜻밖의 일이었다. 한 목사는 그즈음 탈북자의 인권 문제에 대단한 열정을 보였다. 북한 인권에 침묵하는 한국 교회는 2차 세계대전 당시 히틀러의 만행에 침묵한 독일 교회와 다름없다는 설교를 자주했다. 이것으로 끝나는 것이죠, 그러나 저에게는 삶의 시작이죠. 라는 유언을 남겼다는 본 회퍼도 소개했다. 본 회퍼는 히틀러가 유대인을 학살할 당시 모든 사람이 침묵에 빠졌을 때 히틀러 암살을 주도한 목사였다. 본 회퍼에 관한 이야기를 들을 때마다 천은 엉뚱하게도 큰아버지가 떠오르곤 했다. 두 사람 모두 처형당했다는 공통점이 있기는 했다. 한국전쟁 당시 스무 살의 나이에 좌익으로 몰린 큰아버지는 군인에게 총살을 당했다고 한다. 맏형의 죽음을 집에서 목격한 천의 아버지는 평생 동안 큰아버지의 명예를 회복하는 일에 바쳤다. 그런 아버지에게 반발하며 천은 자유로운 영혼으로 살고 싶다고 선언한 뒤 소설가의 길로 들어섰다.

한 목사는 탈북자들의 한국 정착을 위해 도와달라고 천에게 부탁하기 시작했다. 처음에는 어떤 사명감이나 철학도 없이 원하지 않는 일을 떠맡는 기분으로 탈북자들을 만났다. 하지만 천이 맡은 탈북자는 자주 전화를 바꾸고 이름을 고치고 아예 연락을 끊곤 해서 천을 실망시켰다. 그게 그들이 한국 사회에 정착하면서 겪는 부적응 증세라는 한 목사의 설명이 있었지만 천은 그것을 이해하기가 힘들었다. 탈북자에게서 완전히 손을 떼겠다고 한 목사에게 선언했다. 그러자 한 목사는 마지막인 셈치고 한 번만 더 참아보자고 부탁하면서 정화를 소개해 주었던 것이다.

처음 정화를 만난 곳은 지하철 입구였다. 왜소한 몸에 남자처럼 짧게 머리를 깎은 여자였다. 마른 얼굴은 창백했으며 얼굴 전체를 차지한 커다란 눈은 깊고 습한 동굴처럼 보였다. 그 눈동자에서 시선을 돌리지 못하고 있던 천과는 달리 그녀는 눈이 마주치는 것이 싫다는 듯 시선을 곧바로 외면했다. 한참 뒤에야 고개를 들어 잠시 천을 쳐다보고는 무엇에 찔린 것처럼 놀라며 고개를 숙였다. 그녀의 그런 행동이 이상하게도 천의 마음을 흔들었다.

하지만 그동안 천이 맡았던 다른 탈북자들처럼 정화 역시 만남이 이어질수록 툭툭 끊기는 전화처럼 관계를 제 맘대로 끊었다. 탈북자를 위한 행사가 있던 날도 마찬가지였다. 약속된 한 시간 전까지도 정화와 통화가 되지 않았다. 약속장소에 도착해서 어슬렁거리며 행사장 주위를 걸어 다녔다. 탈북자단체들이 하얀 천막을 치고 행사장에 온 사람들에게 책자를 나눠주고 있었다. 약속된 시간이 30분이 지나고 한 시간이 지나도 정화는 오지 않았고 전화는 끝내 연결되지 않았다.

다양한 놀이마당이 벌어져서 행사장은 시끌벅적했다. 천은 혼자 버려진 기분으로 이곳저곳을 서성거리고 다니다가 보도블록에 앉아서 행사장을 오가는 사람들의 모습을 쳐다보았다. 이윽고 행사장의 천막이 하나 둘씩 걷히기 시작했다. 탈북자들도 거의 빠져나가고 뒷정리를 하는 행사요원만 남았다. 천은 그제야 일어서며 엉덩이에 묻은 흙을 탈탈 털어냈다. 신기루에 손을 내밀었다가 거둬들이는 기분이었다. 무슨 부질없는 짓인가 싶었다. 실체를 감추고 싶어 하는 여자를 도와주기 위해 아등바등하는 것이 무슨 의미인가 하는 회의가 밀려왔다. 정화에게 주려고 가져온 자신의 소설책이 새삼 무거웠다. 자신이 소설가라고 소개하자 정화는 화들짝 놀라면서 천의 소설 한 권을 선물로 달라고 졸랐다. 행사하는 날 꼭 책을 선물로 가져오라고 신신당부한 것도 정화였다. 새 세상에 온 것을 환영합니다, 라는 글귀를 책 속표지에 써 넣고 사인한 것이 무색했다.

며칠이 지나서야 정화에게서 전화가 왔다. 그날 왜 나오지 않았느냐고, 행사장에서 종일 기다렸다고 정화가 말했다. 천은 적반하장이라고 화내지 않았다. 행사장 어디에도 그녀가 없더란 말도 생략했다. 단지 그녀와 다음에 만날 약속을 정했을 뿐이다. 그녀의 유독 무표정한 얼굴과 무엇에도 관심을 잃은 듯 심드렁한 태도에 호기심이 생겼고 시간이 지날수록 그녀의 생각과 마음이 궁금해졌다.

그녀와 다시 약속해서 만난 식당의 TV 화면에서는 천안함 사건을 보여주고 있었다. 이미 지난 일이지만 천과 정화는 밥을 먹으며 그 자료화면을 쳐다보았다. 정화는 건성으로 수저질을 하며 시선은 계속 TV 화면에 고정되어 있었다. 왜 저런 일이 벌어진 거지? 천이 정화에게 물었다. 글쎄요. 정화가 천의 눈을 들여다보았다. 그런 뒤 통일이 가능할 것 같은지 물었다. 뜬금없는 질문이었지만 통일은 절대 안 된다는 뉘앙스를 풍겼다. 통일이 왜 안 된다고 생각하느냐고 천이 넘겨짚으며 물었다.

"여기 사람들은 북한을 너무 몰라요. 아니 아무것도 모른다는 말이 맞을 거예요. 북한은 무너지기가 쉽지 않은 나라거든요."

"왜요?"

"북한 사람들은 언제 전쟁이 날지 모른다면서 늘 군대식으로 살아요. 그것만이 북한을 지키는 길이라고 믿지요. 거기 있을 때 나도 그랬어요. 빨리 전쟁이라도 해서 끝장냈으면 좋겠다고 말했지요. 배곯는다고 당을 원망하다가도 외부의 적 때문이라고 생각을 돌려먹고 우리가 똘똘 뭉쳐야 살 수 있다고 결의하곤 했어요."

"탈북자 넘어오는 거나 돌아가는 정세를 보면 이미 끝장나고 있는 것 같은데요?"

"북한 있을 때 우린 도리어 남한 걱정을 많이 했어요. 부패한 미국 식민지라고 말입니다. 하지만 지금 난 솔직히 이쪽저쪽 다 마음에 안 들어요. 차라리 한반도가 다 없어져버렸으면 좋겠다고 생각한 적도 있지요. 아예 남쪽도 북쪽도 없었으면 하고 말입니다."

정화와 이야기를 하다 보면 그녀의 사상을 종잡을 수 없다는 생각이 들었다. 또한 그녀의 과거 역시 오리무중이었다. 중국에서 지내온 그녀의 행적도 마찬가지였다. 한 목사가 마련해 준 중국 가짜 여권으로 한국에 나왔다던 것도 사실이 아니었다. 지나가는 투로 한 목사에게 그 사실을 확인해 보았지만 한 목사는 금시초문이라고 고개를 저었다. 한 목사는 정화가 중국 사업가의 도움으로 나왔다고 알고 있었다. 그 때문에 정화가 사라졌을 때 천이 제일 먼저 떠올린 사람 역시 중국에 있다는 그 사업가였다. 물론 그 사업가에 대해 천이 물어봤던 적이 있었다. 그때 정화는 사업가에 대해 설명하지 않고 중국에 먼 친척이 있다고 말했다. 중국에 있는 동안 그 친척 곁에 머물러 있었다고 덧붙였다. 애매한 설명이었지만 더 이상 묻지 못했다. 정화는 지난 일은 떠올리고 싶지도 않다고 말하면서 과거를 캐는 그를 원망스레 쳐다보았다. 그 눈빛에 천은 부끄러움을 느꼈다.

　정화는 낮에는 식당에서 일하고 밤에는 학원에서 자신의 대학 시절 전공인 중국어를 가르치는 일을 했다. 그래도 아들을 탈북시킬 경비를 마련하는 데는 턱없이 모자란다고 늘 종종걸음 쳤다. 간신히 마련한 돈을 중국 브로커에게 사기당한 뒤 아들을 데리고 나오는 일이 점점 더 요원해졌다고 말할 때는 커다란 눈에 눈물이 그렁그렁했다. 탈북자라는 차별을 받지 않기 위해 북한 억양을 쓰지 않으려 애썼고 화장과 옷차림도 세련되게 꾸미고 다녔다.

　"나만 잘 먹고 잘살겠다고 조국을 배신하겠느냐고 눈물도 많이 흘렸지만 중국에 가보니 조국에 돌아가고 싶지 않았어요. 내가 북한에서 태어났다는 이유만으로 거기에서 계속 살아야 합니까? 이젠 내 운명을 내가 개척하고 싶었어요."

　그런 심정을 솔직히 쏟아내는 날도 많았다. 그런 날이면 정화의 얼굴은 낯설기만 했다. 그녀의 커다란 두 눈에 시퍼런 별이 서너 개

휙휙 지나가는 것처럼 보였다. 어금니를 꽉 물어 광대뼈가 더 불거지면 그녀는 결전을 앞둔 여전사 같았다.

천과 함께 있을 때 어디선가 전화가 오면 그녀는 천으로부터 가급적 멀리 떨어져서 통화를 했다. 통화하면서도 연신 천을 힐끔거렸다. 천이 전화 내용을 듣기 위해 곁으로 다가갈까 봐 경계하는 눈치였다. 어디서 온 전화냐고 물어보면 창백한 얼굴이 더 하얗게 질려서 '아닙니다.'라고 말하며 손사래를 쳤다. 그럴 때면 정화는 다른 세상에 사는 여자 같았다.

"그곳은 가족이 모여 살던 곳입니다. 매주 사상학습이니 생활총화니 지겨웠지만 지금 생각하면 그것도 추억이고 그곳이 그립기도 합니다. 굶주린 고난의 시절만 없었어도……."

정화는 한국 사회도 부정적으로 바라보기 시작했다. 퇴폐 유흥업소라든지 자기중심적으로 변해 가는 아이들을 비난했다. 한국에서 생활할수록 호의적이던 것이 회의적으로 바뀌어 간다고 한숨을 내쉬었다. 정화와 대화를 나누다 보면 북한 사회는 한 가족 공동체인데 비해 한국은 너무도 개인적인 사회 같았다. 그럴 때면 천도 정화에게 북한에 대해 비판했다. 북한은 평양만 우대하고 지방은 배급도 잘 안 주어 부랑자문제나 간부들의 부패가 심한 곳이라고 들었다고 반박했다. 그렇게 충돌하면 정화는 며칠 동안 전화를 받지 않앉다. 그런 일을 몇 번 겪은 뒤부터 천은 가급적 정화와 민감한 이야기를 피하게 되었다. 그럴수록 서로의 관계에 미묘한 틈이 생겼다. 잘 지내다가도 그 미묘한 틈에 갇히면 그 틈 때문에 서로 꼼짝도 못하는 상태가 되곤 했다. 정화는 북한에서 28년, 천은 한국에서 32년을 살았으니 어쩌면 당연한 일이었다. 단둘이 만나서 은밀히 나누는 대화 역시 대화가 깊어지다 보면 예외 없이 어긋나서 중단되곤 했다. 그러니 정화와 천은 한 번도 알몸으로 서로를 만나지 못한 셈이었다. 자신을 무장해제시키고 정화를 받아들이겠다는 결심은 머리가 이해하면 가슴이 가로막고 가슴으로 안으면 머리가 받아들이지 못했다.

 정화에게 관심이 커질수록 천은 가까운 친구에게 고민을 털어놓았다. 대학에서 사회학 강의를 하는 친구는 걱정부터 쏟아냈다. 이상하게 엮이면 어쩌려고 그래? 탈북자들을 무조건 믿으면 안 돼. 그 사람들 우리한테 마음을 다 내보이지 않아. 괜한 것 트집 잡아서 물고 늘어질 수도 있어. 정화는 그런 여자 아냐. 듣다못해 천이 발끈했다. 작정한 자 앞에서는 당할 재간이 없어. 도대체 왜 그런 사람들한테 관심을 가지는 거야? 천은 이유를 말하지 못했다. 큰아버지나 아버지 이야기를 쓰고 싶어서 그런 거야? 북한에 관심을 가져서 뭐 하려고 그래. 인기도 없고, 써도 새롭다고 할 사람도 없는데.

제발 너도 좀 팔릴 걸 써라. 그런 거 많잖아. 애들 연애 이야기나 스릴러나 역사물 같은 거. 모두 군침 흘리며 달려드는 그런 거 찾아서 쓰라니까. 네가 쓰고 싶은 걸 쓰지 말고 독자가 읽고 싶어서 침 흘리는 걸 찾아서 써보라니까. 친구의 이야기를 들을수록 천은 자신이 모호하게 느껴졌다. 정말 왜 그토록 정화에게 관심을 가지고 집착하기 시작한 것인지 그 역시 알 수 없었다.

천은 휴대폰을 들여다본다. 오늘도 전화벨이 울리지 않은 것이다. 내일이면 여행 일정이 끝나서 돌아가야 하는데 그 전에 한 번만이라도 북한에 있는 그 남자가 신호를 보내오기를 바랄 뿐이었다. 혹시라도 정화가 중국에 있다면 무산이 보이는 이곳 근처에 머물고 있겠지. 그렇다면 정화를 만날 수도 있다는 말도 안 되는 희망을 버릴 수 없다.

버스는 여전히 옥수수밭 근처를 달리고 있다. 낮에는 허깨비처럼 보이던 빈 옥수숫대가 어둑해지자 꿋꿋하고 커 보이는 것이 이상하다. 아무도 오가지 않는 벌판에서 지푸라기 같은 빈 옥수숫대들이 바람에 맞선 채 열 지어 서 있다.

어느새 어스름이다. 빈 들판에 옥수수가 소반에 담긴 귤처럼 쌓여 있다. 간혹 옥수수는 주황색 꽃 무더기처럼 보인다. 빈 옥수숫대를 태우는 농부도 보인다. 마른 것일수록 더 거센 불길로 타오르며 들판을 뒤덮는다. 트럭이나 경운기를 타고 집으로 돌아가는 모습도 눈에 띈다. 그러다가 또다시 열병하듯 늘어선 거대한 옥수수밭이 이어진다.

* * *

"맞아, 여기쯤이야."
가이드가 소리친다.
"아, 좀 더 서행하라니까요!"
가이드는 천이 앉은 맨 뒷자리까지 걸어오더니 버스기사에게 부탁한다. 한족 버스기사는 속도를 줄인다. 무산시를 한눈에 내려다볼 수 있는 산등성이가 분명 여기쯤인데. 가이드가 창밖을 내다보며 사방을 두리번거린다. 저녁 6시가 되어가자 사람들은 다소 지쳐 보인다.

오전에 대나무 배를 타고 두만강을 유람한 후유증 탓에 사람들은 축 늘어져 있다. 빨리 숙소로 가서 쉬고 싶은 표정이 역력하다. 그곳에서 북한 병사가 북한 쪽 강변에 가까이 다가간 배를 향해 총을 겨누는 바람에 충격이 컸다.

오전 10시쯤 일행은 도문에서 여덟 명씩 짝을 지어 뗏목에 탔었다. 뗏목은 대나무를 얼기설기 엮어 바닥을 만든 배였다. 그 배에는 대나무 의자가 여덟 개 있었다. 천은 그 첫 번째 의자에 앉았다. 맨 뒤에 앉은 청년이 배를 운전했다. 검은색 터틀넥 위에 카키색 군복 상의까지 입은 청년은 땀을 뻘뻘 흘리면서 운전을 했다.

"뗏목의 왼편은 조선, 오른편은 중국입니다. 저 수풀에는 조선 초소가 있습니다. 오십 미터 간격으로 병사들이 총을 들고 지키고 있어요. 자기네 백성이 내려오면 바로 총질을 할 겁니다."

청년은 그런 말을 먼 나라 이야기처럼 늘어놓았다. 그러는 사이 뗏목은 좁은 강폭 안에서 흘러 다녔다.

"저기 다리가 보이죠? 도문대교는 중국에서 붙인 이름이고 온성대교는 조선에서 부르는 이름입니다."

다리의 색깔 역시 달랐다. 중국 쪽은 붉고 북한은 아무 색도 칠하지 않은 채였다. 자로 잰 듯 긴 다리를 반으로 정확히 나누어 색을 다르게 칠했다. 그와 달리 두만강은 북한 것도 되고 중국 것도 되는 공유수면이라고 했다.

"배를 북한 쪽으로 조금만 가까이 대쇼."

선글라스를 쓴 남자가 부탁했다. 청년은 배를 북한 쪽으로 가까이 붙였다. 2미터도 되지 않는 거리에 북한의 수풀이 보였다. 일행은 수풀을 향해 카메라를 들이댔다. 지친 듯 앉았던 북한 병사가 일어서더니 사진을 찍지 말라는 표시로 두 손을 들어 X자를 만들어 보였다. 그제야 사람들은 제자리에 앉으며 카메라를 내려놓았다. 이토록 삼엄한데도 불구하고 정화가 북한을 탈출했다니. 천은 그때 어쩔 수 없이 또 정화를 떠올렸다. 키가 작아서 천의 어깨밖에 안 오던 정화가 목숨을 내걸고 두만강을 건너던 섬뜩함을 말할 때마다 그러려니 했었다.

갑자기 북한 병사가 삿대질을 하며 소리쳤다. 천은 뒤쪽을 돌아보았다. 천의 바로 뒤에 앉은 선글라스가 일어서서 사진을 계속 찍고 있었다. 아예 자리에서 일어선 채 특종을 잡은 기자처럼 적극적으로 카메라를 찍는 행동이 북한 병사를 자극시킨 것이다. 배를 운전하던 청년이 사진 찍지 말라고 소리쳤다. 선글라스는 너무 몰두해서 그 소리를 못 들었는지 카메라를 내려놓지 않았다.

철커덕, 철컥…….

병사가 총을 들어 노리쇠를 젖히며 정조준했다. 선글라스 남자가 어이쿠, 신음을 내뱉으며 뒤로 나자빠지자 총부리는 천에게로 향했다. 그 순간 배에 탄 모두가 자리에 털썩 주저앉으며 비명을 질렀다. 아주 짧은 순간이었지만 공포는 오줌을 지릴 만큼 섬뜩했다. 청년은 배를 재빨리 운전해서 총을 겨누고 있던 병사 앞을 지나갔다.

"큰일 날 뻔했어요. 조심들 하십시오."

청년이 주의를 주었다. 그제야 사람들도 가슴을 쓸어내리며 무섭다고 떠들며 수선을 피웠다.

"사진 좀 찍는다고 총을 들이대다니……."

선글라스는 미안함을 투덜거리는 말로 대신했다.

"총 가진 병사가 기분이 조금만 더 나빴더라면 연발로 우리한테 총질했을 수도 있어요. 사진 좀 작작 찍으랬잖아요."

흰 모자가 선글라스에게 쏘아붙였다. 선글라스는 말없이 두만강으로 시선을 피했다. 철교 아래에 다다른 배가 도문 쪽 나루터로 뱃머리를 돌렸다. 관광객을 실은 또 한 대의 배가 북한 쪽 수풀로 바짝 붙어 들어오고 있었다.

정화가 사지를 넘어왔다고 무서운 표정을 지을 때마다 천은 정화에게 말했다. 자유를 얻기 위해 그 정도는 감수해야 하지 않느냐고. 하지만 이제 만난다면 달리 말할 것이다. 살벌한 국경을 목숨을 걸고 건너왔다면 한국에서 행복해야 하지 않겠느냐고. 사지를 건너오는 일 없이 누구나 원한다면 당당하게 오갈 수 있도록 되어야 하지 않겠느냐고. 이렇게 부조리한 일이 일상처럼 반복되고 있다는 사실을 모른 척 태연히 살아갈 수는 없다고.

가이드가 여전히 산등성이 부근을 찾느라 창밖을 바라보며 버스를 서행시키고 있다.

"여기쯤이 분명한데……."

버스 안의 사람들은 버스의 흔들림에 몸을 내맡긴 채 조용하다. 천은 약간 멍한 상태로 차창을 내다본다. 풍경이 눈에 들어오지 않고 휙휙 지나쳐 가는 느낌이다. 그때 손에 쥐고 있던 휴대폰이 울린다.

"여보시오. 명철이?"

음질이 좋지 않으므로 천은 전화기를 귀에 바짝 붙인다.

"명철이?"

남자는 누가 들을세라 조심스럽게 부른다. 다음 순간 전화가 툭 끊긴다. 액정에 찍힌 전화번호로 천이 통화버튼을 누른다. 전화가 연결되지 않는다는 중국어와 영어 안내 멘트가 번갈아 들려온다. 몇 번이나 통화 버튼을 눌러대면서 천은 초조하게 차창을 내다본다. 어느 순간 신호가 가더니 전화가 연결된다.

"뉘기오?"

천은 말문을 열기 위해 숨을 길게 몰아쉰다.

"저는 정화 씨를 잘 아는 사람입니다."

잘 안다는 말이 정확하지는 않았지만 달리 자신을 소개할 다른 말을 찾지 못한다.

"정화 씨가 거기 북한의 집으로 돌아간다 했습니까?"

천은 처음 말을 배우는 사람처럼 더듬거리며 묻는다. 말이 끝나기도 전에 전화가 또 끊긴다. 한 시간이 지나도 전화는 다시 걸려오지 않는다. 천은 쿵쿵 소리가 날 만큼 차창에 자신의 머리를 박는다. 중국에 와 있다는 낯섦 때문에 질문이 앞서갔다는 판단이 든 것이다. 차라리 아무 말도 하지 말아야 했다고 후회를 한다. 더 이상 전화가 오지 않을 것이 분명하다. 그쪽에서는 평소에 들리던 정화의 목소리 대신 낯선 남자의 전화 목소리를 듣고 얼마나 놀랐을 것인가? 그러니 정화에게 연결된 마지막 끈마저 놓쳤다는 판단에 천은 자신에게 화가 나서 견딜 수가 없다. 하지만 남자는 천의 정체를 알기 위해 다시 전화를 걸어올 것이라고 돌려 생각하자 조금 마음이 놓였다.

남자의 전화를 기다리며 천은 정화가 과연 누구였던가? 자꾸만 돌아본다. 문득 하나원에서 교육을 받고 한국에서 일 년을 살다가 북으로 간 탈북자가 있다는 말을 들었던 기억이 났다. 그런 경우 특별한 목적으로 한국에 온 간첩일 가능성이 높다고 했다.

또 언젠가 정화와 함께 본 비디오도 떠오른다. 미국 인권단체의 의사가 북으로 가서 주민들에게 눈을 수술시켜 주는 비디오였다.

의사들이 강당에 눈 수술 받은 환자들을 모아 놓았다. 100명쯤 되는 사람들이 긴 의자에 쭉 앉아 있었다. 대부분 눈 수술을 받아서 붕대를 풀어주기를 기다리는 환자였다. 한 의사가 한 사람씩 붕대를 풀어주기 시작했다. 그때마다 이상한 일이 벌어졌다. 실명에서 벗어나서 눈이 정상적으로 보이자 환자는 옆에 있는 가족을 껴안고 기뻐하는 것이 아니라 곧장 홀 중앙으로 걸어가서 정면 벽에 커다랗게 걸린 김일성과 김정일 사진에 큰절을 하고 장군님 감사합니다! 만세! 만세! 외쳤다. 그 장면을 찍은 비디오를 보며 나는 고개를 갸웃거렸다.

"왜 저러는 거죠?"

그때 천은 진심으로 궁금해서 물었다. 가족과 기쁨을 나누지 않고 사진을 향해 절하고 눈물을 흘리다니. 정말 이유를 모르겠냐는 듯 정화는 의아하게 천을 쳐다보았다. 천으로서는 그런 정화의 반응이 또 한 번 놀라웠다.

"저 사람들의 저런 반응은 감시당해서 그러는 거겠죠? 아니면 사상이 불순하다고 의심받을까 봐 과장된 행동을 하는 거겠죠? 마음에서 우러난 건 아닐 테고."

천의 질문에 정화가 고개를 저었다.

"정말 고마워서 그럽니다. 저런 의사에게 수술받게 해준 건 수령님이 그 기회를 만들어준 것이니까요."

"아니, 의사한테 치료도 못 받고 이때껏 아팠던 것을 원망해야지……."

"어쨌든 수령님이 승인을 내주셨기 때문에 수술을 받은 것 아닙니까?"

정화의 표정은 진지했다.

"우리에게 김일성 김정일은 우리 할아버지가 내 조상이듯 어릴 때부터 혈족 같은 할아버지와 같아요. 잘못을 저지르고 사람을 죽여도 내 할아버지니까요. 그 할아버지가 죽거나 병들거나 무슨 일 당하면 엄청 슬프잖아요."

정화의 말은 불변의 진리를 말하는 것처럼 명쾌하기만 한데 천은 그 말을 한 토씨도 받아들일 수 없었다. 머릿속이 하얗게 비는 듯했다.

정화와 이야기를 나누다 보면 그녀는 단지 이곳에 잠시 다니러 온 여행자 같았다. 그녀가 여행자라면 천은 그녀와 어떤 관계 맺음이 가능한가? 그녀를 사랑하면 할수록 그 질문은 그를 혼란에 빠뜨렸다.

다만 천은 그녀에 대해 이렇게 생각하게 되었다.

그녀는 체제를 부정하지만 그 체제에 세뇌된 개체라는 사실. 그것에서 쉽게 벗어날 수 없는 현실을 그가 받아들여야만 했다. 그러니 정화와 사랑에 빠질수록 점점 더 환장할 노릇이었다. 그녀의 특수성 때문에 그녀를 만나는 일에 더 정성을 쏟았고 그럴수록 그녀는 그가 사랑하기에는 요원한 여자라는 것을 더 확실히 확인했던 것이다.

"탈북해서 중국 있을 때나 지금 이렇게 한국에서 사는 거나 힘들긴 마찬가지예요. 한국에 오자마자 주민증이 나왔는데도 사실은 내 나라가 없는 기분이죠. 그럴 때면 지금도 혼자 북한 노래를 부르며 향수에 잠길 때도 있어요."

정화는 말끝을 흐렸다. 손톱을 하도 물어뜯어서 손톱 밑의 살점까지 다 떨어져 나가 있었다.

술이라도 한잔하면 정화는 다소 긴장을 풀었다. 고향집 주소도 말하고, 물푸레나무가 무성한 주변 풍경도 말했다. 무산에서 중국으로 넘어오기 위해 두만강을 건너던 일도 이야기해 주었다. 자신이 그 길로 돌아가야 하는데 혹시라도 기억에서 지워질까 봐 두려워하며 기억을 보존하는 행위 같았다. 그곳으로 되돌아가는 정화의 모습을 떠올리면 그는 혼자 빈방에 남겨진 것처럼 허탈했다. 정화는 그러다가도 곧 천에게 기댔다. 천이 쓰는 소설에도 관심을 보였고, 북한의 가족, 특히 아들을 위해 그와 함께 기도를 하기도 했다. 그렇게 정화와 일 년을 보냈다. 돌아보면 지난 일 년은 천이 정화에게 모든 것을 바친 시간이기도 했다.

전화가 다시 올지 모른다고 기대하며 그는 남자의 전화를 기다렸다. 정화가 그곳으로 간다고 했습니까, 라고 물었던 것을 자책했지만 혹시라도 전화가 온다고 해도 그의 가장 절실한 질문은 그것밖에 없을 것이다.

* * *

"여기가 틀림없습니다."

가이드가 마침내 장소를 찾은 듯 버스를 세운다. 버스에서 내려서 그가 안내하는 대로 비탈진 산등성이까지 올라간다. 산등성이 아래로는 두만강이 흐르고 두만강 건너편으로 무산시가 한눈에 보인다.

"기도합시다. 북한 주민의 인권과 통일을 위하여."

산등성이에 오른 몇몇은 진지하게 기도를 한다. 기도가 끝나자 낮은 소리로 찬송가도 부른다. 천은 그 무리에서 떨어져 나와 묵묵히 무산시를 내려다본다.

"저 철광산 캐느라 평소에는 포클레인이 빨갛게 늘어서는데 지금 여섯 시가 넘어서 일이 끝나고 철수해서 아쉽네요."

가이드는 침묵에 잠긴 동네를 가리키며 말한다. 석양이 진 뒤 하늘은 금세 어두워진다. 무산시 전경을 제대로 보여주겠다고 일행을 데려온 가이드는 막상 사람들이 구경하느라 지체하자 연신 시계를 보며 허둥댄다. 더군다나 호텔에 예약된 저녁식사 시간도 늦어지면 안 되는 것이다.

"자, 사진 촬영들 서두르세요. 더 어두워지면 못합니다."

가이드가 소리치며 다닌다. 사람들이 서둘러 사진을 찍는다. 천은 가방과 카메라를 차에 두고 내린 것을 아쉬워하면서 벼랑 앞으로 더 가까이 다가선다. 가옥이 밀집해 있어도 밖에 돌아다니는 사람은커녕 개 한 마리 보이지 않는다. 철광산에서 흘러내린 물은 검디검다. 강폭은 40미터나 될 듯하다.

"얼마 전까지만 해도 이곳에서 무지 많은 사람이 탈북했습니다."

가이드가 떠드는 소리가 들린다. 천은 비탈의 경사를 눈으로 가늠한다. 발을 헛디디면 그대로 굴러떨어질 듯 가파르다. 이 비탈을 내려가는 데 시간이 얼마나 걸릴지, 그리고 걸어 내려가는 것이 가능할지 자꾸 가늠해 본다. 그러면서 조금씩 더 비탈의 가장자리로 다가선다.

"자, 이제 천천히 내려갑시다."

가이드의 말에 하나 둘씩 카메라를 집어넣는다.

"빨리 갑시다. 어두워지기 전에."

누군가 소리쳤다. 그 소리에 사람들이 하나 둘씩 돌아서 내려간다. 비탈에서 물러선 사람들이 섰던 자리로 천은 한 발 더 비탈 쪽으로 다가간다. 눈앞이 바로 벼랑인 데까지 다가선다. 정화가 살았다는 무산시를 잠시라도 더 살피려고 애쓴다.

그때였다. 손에 들고 있던 휴대폰이 울리다가 끊어진다. 천은 허겁지겁 통화버튼을 누른다. 함경도 억양의 남자 목소리가 곧바로 튀어나온다.

"누구십니까."

"난 정화 세대주요. 거긴 어디요?"

"여긴 중국 화룡시 남평입니다."

"남평?"

"정화한테 소식 있었습니까?"

남자는 한동안 침묵한다.

"정화를 잘 안다고 했습니까?"

"네."

"제대로 알고 싶으면 이리 들어와 보면 될 것 아니오?"

"들어오라고요? 그게 무슨 말입니까? 내가 왜 그리로 갑니까?"

남자는 전화를 툭 끊어버리고 만다. 잔뜩 화난 목소리가 분명하다. 천은 지끈거리는 머리를 두 손으로 감싸 쥐며 산비탈 가까이에 다가가 앉는다. 산비탈 아래 내려다보이는 두만강은 매끄럽고 검게 반짝인다. 문득 정화가 사라지기 전 어느 날이 떠오른다.

그날 천은 포장마차에서 정화와 만났다. 북에 두고 온 아들을 생각하면 좋은 데서 좋은 음식을 못 먹겠다고 그녀는 포장마차로 들어갔다. 소주를 들이켜고 스스로 잔을 채워 단숨에 마셨다. 그녀가 술에 취했다는 증거는 술 마시는 속도에 비례했다. 조금 더 취하면 고향 풍경에 대해 떠들 차례였다. 평소에는 아무리 물어도 한마디도 하지 않다가 정확히 소주 두 병을 비우면 그만하라고 해도 고향 이야기를 풀어놓았다. 천은 두만강 건너서 물푸레나무가 유독 많이 우거진 곳에 있다는 곳, 그녀가 살던 광산주택단지로 가는 길을 훤히 그릴 수 있을 정도였다.

그날 정화는 몹시 상심해 있었다. 정화는 평소에 표준말을 쓰려고 안간힘을 썼지만 억양은 숨기지 못했다. 식당에서 손님이 조선족이냐고 물어서 탈북자라고 하자 분위기가 썰렁해졌다고 한다. 주인이 그녀를 따로 불러서 앞으로는 탈북자라는 말은 삼가라고 주의를 주는 바람에 그녀 역시 울컥 치민 것을 뱉었다고 했다. 내가 한국인이라고 해도 고개를 갸웃하는데 그럼 난 어느 나라 사람이라고 해야 하죠? 주인은 차라리 조선족이라고 말하라고 했다는 것이다.

"그럴 때 뭐라 하면 좋을까요?"

정화는 또 한 번 물었다.

"그냥 대답하지 않고 웃으면 되지 않을까?"

그것이 천이 내놓은 답이었다. 그 말을 들은 정화의 커다란 눈에서 눈물이 뚝뚝 떨어졌다. 그냥 웃으라는 말이 왜 그토록 서럽게 만든 것인지 그로선 알 수 없었다.

나는 아주 생소한 땅에 아무런 조건도 없고, 아무런 편견도 없고, 아무런 구속도 없고, 아무런 규정도 없고……. 어디에서 태어났는지, 어디서 왔는지, 지금 어디서 살고 있는지, 그런 것이 나를 구속하거나 나를 흔들지 않는 곳에서 살고 싶어요. 그렇게 말하던 정화의 고개가 자꾸만 아래로 숙여졌다. 그러다가 한 번씩 고개를 들어 천을 바라보았는데, 그때의 눈동자는 도무지 깊이를 가늠할 수 없이 어둡고 긴 동굴 같았다.

"우리 탈북자들이 전화번호 잘 바꾸고 이름까지 바꾸고 언제 사라질지 모르는 알 수 없는 사람이라고들 여기 사람들은 쉽게 떠들죠. 우리가 실재하는 것이 아니라 마치 눈앞에만 왔다 갔다 하는 유령 같다고 말하는 사람도 있죠. 하지만 분명히 말할게요. 난 유령이 아니라고요. 아니 우린 당신들에겐 유령이죠. 우리를 유령으로 보는 한은 우린 유령이니까."

정화가 그렇게 떠들었고 천은 점점 난감했다. 그에게 하는 말이 아니라 한국사람 모두에게 쏟아내는 말 같았다. 완전히 취해서 몸을 가누지 못하는 정화를 데리고 여관으로 갔다. 천은 정화에게 침대를 내주고 자신은 침대 밑바닥에서 잠을 청했다.

한밤중에 우는 소리에 잠에서 깨어났다. 울음소리가 아니라 통곡이었다. 방 안을 텅텅 울리는 절박한 소리였다. 그 통곡 앞에 왜 그러느냐고, 그만 울라는 말을 할 수 없었다. 그녀는 울음을 추스르더니 옷을 입었다. 식당일을 가겠다고 우기더니 그녀는 제대로 몸을 가누지 못하고 쓰러졌다. 천은 그녀를 안아주었다. 그녀의 몸은 가볍고 작았다. 그녀는 무방비 상태였다. 이제 더 이상 아무것도 갈구하지 않게 된 여자처럼 그에게 몸을 내맡겼다. 하지만 어떤 쾌락도 다 놓아버린 듯했다. 방어도 잊어버린 듯했다. 그런 그녀와는 섹스를 하고 있다는 느낌이 전혀 들지 않았다. 약한 것, 절대 훼손시켜서는 안 될 것, 그녀가 가지고 있는 마지막 부분을 건드리고 있다는 느낌이 들어서 섹스는 전혀 자유롭지 못했다. 여자와 관계를 하는 동안 자신이 그토록 짐승처럼 여겨진 것은 처음이었다. 정화는 천을 짐승처럼 느끼게 만드는 몸짓을 했고, 표현하기 어렵지만 그 느껌은 천에게 아주 강렬하게 새겨졌다.
 어느 순간 천은 그녀가 한 명의 여자가 아니라 방황하는 탈북자의 무리처럼 여겨졌다. 그러면서도 정화를 안고 있는 동안 천의 마음은 복잡했다. 그런 느낌이 그를 더 짐승처럼 난폭하게 만들고 있었다. 그녀가 그를 거부하거나 밀쳐내거나 싫다고 하지 않는데도 그녀를 착취하고 있는 듯했다. 아이러니하게도 그 때문에 그는 더 흥분되었다. 아주 오랫동안 그녀를 가졌고, 절정의 순간이 지나갔다. 좀 더 있어요. 이렇게 안은 채로, 좀 더! 그녀가 애원하듯 천의 등을 꽉 껴안았다. 차마 떨어질 수 없게 만드는 몸짓 때문에 그는 주춤했다.
 "어디든 가야 하는데 갈 데가 없어요."
 한참 만에야 그에게서 떨어져 나간 정화는 힘없이 말했다. 그 목소리 역시 그녀를 한없이 가볍게 보이게 했다. 그녀는 언제라도 날아가 버릴 것처럼 자신의 몸을 자꾸 가볍게 만드는 여자였다. 울음으로 웃음으로 그녀는 속엣것을 비워냈다. 그의 몸을 받아들일 때도 그녀는 비워내는 것처럼 보였다. 그를 짐승처럼 여기게 한 것이 저런 태도 때문이었다는 것을 그는 알아차렸다. 아무것도 소중히 여기거나 집착할 것이 없어진 여자 앞에서 그 여자를 가지고 있던 자신이 극렬하게 대비되었던 것이다.

"난 왜 하필 북한에서 태어난 걸까요? 차라리 중국이나 미국이나 일본이었다면."

그녀는 곧바로 고개를 저었다.

"하지만 북한은 내가 정말 이 나라 백성이 맞나, 이 나라에 사는 게 옳은가, 그런 생각을 수시로 하게 만들지는 않았어요. 나라에서 성분과 사상을 따져도 거긴 몸에 밴 대로 시키는 대로 하면 그만이었으니까요. 그게 불편하기는 했지만 어렵지는 않았어요. 배만 곯지 않았어도……."

그녀는 한국에 온 것을 후회하는 말투였다.

"여긴 아무리 애쓰고 여기 백성이 되어보려고 아등바등 살아도 잘 안 돼요. 북에서 왔다고 말하는 순간부터 동물원의 동물이 되어버린다니까요. 물론 그게 내 문제일 수도 있죠. 내가 그런 피해망상에 빠져 있는 건지도 모르죠. 사실은 그래서 힘들어요. 그런 생각에서 벗어날 수 없는 것이. 차라리 굶주리더라도 아이와 같이 고향에서 사는 게 낫겠다 싶다가도……."

정화는 되돌이표가 찍힌 노래라도 부르는 것처럼 지칠 때까지 반복하며 떠들다가 눈을 감았다. 그 정도는 각오해야잖아. 처음부터. 그가 한 말은 분명 그것이었다. 그녀는 고개를 저었다. 더 이상 아무 말도 하지 않았다. 천은 눈을 감았다. 감자마자 잠에 빠져들었다. 눈을 떴을 때 그녀는 사라지고 없었다.

그날 천이 했던 또 한 문장의 말이 있었다. 갑자기 그 문장이 떠올랐다. 그는 술에 취해 떠들어댔던 것이다. 떠날 거야. 로빈슨 크루소처럼. 북으로, 북으로, 북으로……. 뗏목이 북한에 불시착하면 좋겠어. 거기서 난 로빈슨 크루소가 되어 보고 싶어. 왜 하필 북한이냐고 정화가 물었던가. 강제하고 구속하고 폐쇄하는 데니까. 그곳을 조롱해 주고 싶어. 거기서 아주 원시적으로 아무에게도 간섭받지 않고 살고 싶어. 옷을 다 벗고 풀 뜯고 물고기 잡아먹으면서 살 거야. 북한 주민이 나를 구경하러 왔으면 좋겠어. 그곳에서 못 살겠다고 나처럼 살겠다고 투항했으면 좋겠어.

그때 천은 견딜 수 없이 답답함을 그렇게 정화에게 쏟아냈던 것이다. 어떤 이념도 누구의 초대가 아닌, 한 자연인으로 그곳으로 가 보고 싶었다. 그때 정화는 정색했다. 별 미친 말을 다 한다고. 북한 보위부나 군인을 너무도 모르는 소설가다운 낭만적 발상이라고. 총 한 방이면 개죽음인데 개죽음을 각오하고 그렇게 드나들고 싶다는 게 제정신으로 하는 말이냐고. 그때 천은 대꾸했다. 난 어디든 갈 수 있어야 하고, 어디든 가야 하고, 어디든 갈 거라고. 그런 자유를 누가 감히 막느냐고. 그 순간 정화의 공포에 질린 듯한 표정을 그는 분명히 보았다. 하지만 모른 척해 버렸다. 그녀가 사라진 뒤에 한 번도 떠오르지 않던 그 표정이 이제야 갑자기 떠오른 것이다. 그렇다면 정화는 그를 도무지 이해할 수 없어서, 아니면 도무지 그와 이야기가 통하지 않는다고 절망해서 그를 떠나버린 것인가.

정화의 생각에 붙들려 있다가 천은 문득 고개를 든다. 저곳이 정화가 살았다던 바로 그 광산주택인가? 시야를 가린 소나무 가지를 피해 천은 옆으로 한 발 내딛는다.

"아……."

그 순간 천은 비탈에서 발을 헛디디고 만다. 몸이 떼굴떼굴 아래로 굴러떨어진다. 잎이 쓸리는 소리가 요란스럽다. 구르는 동안 잡목에 얼굴이 여기저기 찔린다. 비명을 지르며 몸을 정지하려고 안간힘을 써도 소용없다. 두만강 변까지 몸이 굴러떨어진다. 굴러떨어지면서도 그는 무방비다. 그러다가 나뭇등걸에 걸려서 간신히 구르던 몸이 멈춰진다. 쓰라린 얼굴을 만지자 피가 끈적거리며 묻어난다. 비탈 위를 쳐다보아도 산중턱에 늘어선 나무들뿐 아무것도 없다. 도대체 어디에 떨어진 것인가. 누구도 그가 떨어지는 것을 못 본 것인가. 소리치며 기다려도 아무런 호응이 없다. 모두 내려간 것인가. 오전에 도문에서 총을 정조준하던 북한 병사가 떠오른다. 북한 군인에게 발각되면 그대로 자신의 얼굴에 총구를 들이댈 것 같다. 이제 어쩔 것인가.

* * *

얼마나 지난 것인가. 천이 가진 것이라고는 오직 정화의 휴대폰과 지갑뿐이다. 그의 휴대폰은 여행기간 내내 아예 전원을 꺼서 캐리어에 넣어두고 다녔다. 누구도 정화의 휴대폰 번호를 알 리 없고 천 역시 함께 두만강탐사를 온 일행 중 누구의 전화번호도 암기하고 있지 못하다.

일행은 맨 뒤에 혼자 앉아 있던 천이 버스에 없는 것을 확인하지 않고 그대로 출발한 모양이다. 빠듯한 일정 때문에 가이드가 유독 서두르더니 일이 벌어진 것이다. 이미 어두워졌고 가이드는 늘 하듯이 다 오셨죠? 라고 의례적인 말을 한 뒤 차를 출발시켰을 것이다. 버스는 그대로 숙소까지 갈 것이다. 숙소에 도착한 사람들이 천이 없어진 것을 알았다고 해도 혼자 슬그머니 구경거리를 찾아 사라졌다고 짐작할 것이다. 대개는 일정이 끝나면 개인행동을 했다. 중국에서 누구를 만나거나 발 안마를 받으러 가거나 고서점에 가는 일도 있었다. 몇 명은 노래방으로 사라지기도 했다. 그들은 낮에는 북한 인권에 심각하게 몰입하다가도 밤이 되면 개인의 자유를 누렸다. 인권 문제는 눈앞에 닥친 절박한 것이 아니었다. 밤이면 인권은 우선순위에서 밀려났다. 천이 안 보인다고 해도 외출한 줄만 알다가 아침에 체크할 때도 나타나지 않으면 그제야 허둥댈 것이다. 까딱 잘못하면 천은 내일 아침에나 부재가 확인될 것이다.

어둠이 짙어진다. 주머니에 든 것은 지갑뿐이다. 다행히 위안화가 어느 정도 있기는 하다. 중국 공안을 만나면 돈을 건네고 호텔까지 데려다 달라고 할 수 있으며 붙잡히더라도 변방 지역을 헤맨 죄를 무마할 수 있기에 충분한 돈이라고 계산해 본다. 그는 무마라는 말에 멈칫한다. 무마할 수 있다면……. 브로커, 무마, 두만강, 무산, 정화, 그 모든 단어들이 머릿속에서 주르륵 구슬처럼 쏟아져 나온다. 그 쏟아지는 단어들은 같은 목적지로 굴러가서 멈춘다.

천은 천천히 일어난다. 수풀을 헤치며 비탈로 조금씩 내려서 본다. 두만강 건너편에 있을 북한 초소의 군인도 잠이 든 것일까? 사방은 조용하고 그의 발소리만 지나치게 크다. 비탈로 내려서다가 다시 기어오르기를 몇 번이나 반복한다. 그러면서도 아이가 많이 아파. 남편이라고 밝힌 남자의 목소리가 끝없이 귓가에 속삭이는 듯 들려온다. 정화를 사랑한다면 아무것도 계산하지 말고 말이오. 그리 겁먹지 마오. 여기도 사람 사는 데니까 가슴 열고 와보란 말이오. 자유롭게 살겠다고 안 했소? 북으로, 북으로 가겠다고 했잖소? 마치 옆에서 남자가 그에게 속삭이는 것처럼 그는 환청을 듣는다.

정화가 그곳에 갔을 확률이 0.01프로의 가능성이라도 있다면? 그는 이대로 북한의 어느 마을로 들어가 숨어 있다가 그녀의 소식이라도 듣고 돌아올 수는 없을까. 잡히지만 않는다면 건너간 곳으로 다시 건너오면 되겠지. 그가 그곳에 다녀온 것을 누구라도 알 리 없을 것이다. 만약 잡힌다 해도 몰랐다, 호기심이었다, 잘못했다, 제발 한국으로 보내 달라, 아무런 목적 없다, 그런 말로 충분하지 않을까. 북한 인권을 보호해라, 세습체제가 얼마나 시대착오적인지 아느냐는 등의 말을 할 의도는 없다고 밝히면 어떨까? 나무들 사이를 헤치며 걸어간다. 졸지에 미아가 된 기분이다. 정화도 이런 막막한 기분을 느꼈을 것이다.

두만강 물에 발을 조심스레 담가 본다. 강물이 차디찬데 가슴에서 뜨거운 것이 울컥 올라온다. 어서 비탈로 올라서야 한다고 마음을 채근하면서도 천은 두만강 물에 담근 발을 선뜻 빼내지 못한다. 천은 그제야 바로 지금 자신이 이방인이란 사실을 깨닫는다. 주위를 둘러본다. 사방은 어두운데 두만강 건너편 북한이라는 곳의 풀숲에는 초소도 보이지 않고 그의 암행을 저지하는 어떤 것도 없다. 이대로 발 담근 두만강을 건너기만 하면 북한으로 넘어갈 수 있는 것이다! 그는 북한 수풀 쪽을 가늠해 본다. 정화가 살았다던 무산시 아래의 두만강 부근에 무성하게 우거져 있다던 물푸레나무가 있는 곳은 어디인가.

그때 휴대 전화가 울려댄다.

"정화에요."

정화의 남편이 아니라 정화에게 걸려온 전화라니. 천이 당황한다.

"지금 어디에요?"

그는 아무 말도 하지 못한다. 갑자기 튀어나온 그녀의 북한식 억양이 문득 낯설다. 곧바로 그녀의 한숨소리가 들려온다. 그런 뒤 정화는 몇 번이나 여보세요, 라고 반복한다.

"정화? 당신 북한으로 건너간 건 아니지?"

비로소 천이 다급하게 묻는다. 전화의 통신 상태가 좋지 않은지 그녀가 몇 마디 한 것 같은데 잘 알아들을 수 없다.

"믿을 수 없는 사람……"

그가 간신히 알아들은 말은 그것이 전부다

그는 대답할 말을 못 찾아서 선뜻 대꾸하지 못한다. 정, 정화 그렇게 말한 건……. 정화가 전화를 끊고 만다.

믿을 수 없는 사람. 그 말은 마치 그녀가 수백 번 연습한 대사 같았다. 그의 가슴에 꽂듯 내뱉은 말에 원망이 가득했다. 하지만 그 말은 정화가 나타나면 그가 반드시 그녀에게 해주고 싶던 말이었다.

'믿을 수 없는 사람. 한 번이라도 나를 제대로 믿은 적이 있었어?' 라고. 그녀의 목소리를 듣고도 선뜻 아무 말도 할 수 없었던 것은 바로 그런 자신의 말이 목구멍에서 나오려고 했기 때문이다.

정화의 목소리를 듣자 정화를 찾겠다고 중국으로 오고, 두만강 부근을 두리번거리고, 무산주택을 쳐다보다가 결국 벼랑에서 굴러떨어진 자신이 우스꽝스러워진다. 지금 어디서 무엇을 하고 있는가. 북한도 남한도 아닌 중국의 낯선 땅에, 아니 중국과 북한의 공동수면이라는 두만강에 서 있는 것이다. 그것은 자신의 모습이 아니라 정화가 어디로 가야 할지 몰라서 방황하던 바로 그 모습과 닮아 보인다. ◆

선택

선택

"서라, 거기 섯!"

난데없이 들려오는 소리에 강물 속으로 몸을 숨겼다. 숨을 참을 수 없을 때까지 버티다가 물 밖으로 고개를 내밀어 주위를 살폈다. 밤안개가 먹장구름처럼 끼어 있어서 강물과 하늘의 경계가 불분명하다.

서라고 외치던 소리가 멈췄는가 싶었는데 누군가가 물을 헤치며 다가오는 기척이 났다.

'누굴까? 중국 변방대원들일까? 아니면 북한 국경경비대원들?'

분명 두 사람이 헤엄쳐 오고 있다. 어쩌다 이렇게 됐을까. 상황을 파악할 여지도 없이 겁에 질려서 물소리가 들려오는 반대방향으로 헤엄쳤다. 일단 그들을 피하고 볼 일이다.

얼마나 헤엄친 것일까.

모두 어디로 간 것인지 사위가 소름 끼치도록 조용해졌다. 둘러보아도 밤안개 탓에 사방을 구별할 수 없다. 4월의 물속은 차디차서 이빨이 저절로 딱딱 부딪혔다.

천은 수풀을 찾아 온 힘을 다해 헤엄쳤다.

지난 사흘 동안 두만강 관광에 동행한 일행은 25인승 밴을 타고 두만강을 따라 달렸다. 차창 밖으로 두만강을 내려다보거나 전망 좋은 곳에 내려서 먼발치로 두만강을 보았다. 그럴 때마다 두만강에 한 번이라도 발을 담가보고 싶었다. 차 안에서 가이드가 떠들던 말이 떠오른다. 저기 보이는 두만강은 중국 땅이기도 하고, 북한 땅이기도 합니다. 그런 설명을 들을 때만 해도 이렇게 두만강에 빠져서 도망 다니게 될 줄은 상상조차 하지 못했다. 그러니 지금 북한 병사가 노리쇠를 젖히고 가슴에 총을 겨눈다고 해도 어쩔 수 없는 상황에 와 있는 것이다.

이윽고 장막이 드리운 것같이 시커멓게 보이는 수풀이 나타났다. 얼른 손을 뻗어 흙덩이를 잡고 수풀로 올라섰다. 물푸레나무와 오리나무가 우거진 숲을 지나 잡목들 사이를 걸었다. 커다란 바위가 보였고 그 뒤에 등을 기대고 앉아서 한숨 돌렸다.

주머니에 든 휴대폰을 꺼냈다. 혹시라도 정화에게서 연락이 오지 않을까 하고 지니고 다니던 휴대폰이었다. 휴대폰의 물기를 바지에 닦고 있는데 무슨 소리가 났다. 분명 사람이 떠드는 소리였다.

"은철 동무, 우리 금이는 무사히 갔갔지?"

"기렇습니다, 민우 동지. 금이 누님은 일없을 겁니다."

억양이 높고 강한 북한 말투의 목소리였다. 안개 속이라 자세히 알 수 없으나 두 사람이 바위에서 열 발자국도 떨어지지 않은 위치에서 이야기를 나누고 있는 것이 보였다. 키 작은 남자는 소총을 건들건들 좌우로 흔들고 있고 키 큰 남자는 소총을 지팡이 삼아 의지하고 있었다. 군모와 군복 차림으로 보아 군인이 분명했다.

'서라고 외치던 사람이 저 북한 병사들이란 말인가. 그렇다면 강물을 헤쳐 가던 두 사람은 누구일까? 병사들이 그 두 사람에게 서라고 외친 것인가.'

불과 1시간 전만 해도 천은 중국 화룡의 산비탈에서 두만강 건너 무산을 내려다보고 있었다. 두만강 폭은 50미터나 될까 싶었고 강만 건너면 바로 북한 땅 무산이었다. 무산 시내에 광산주택이라는 흰 건물이 빼곡히 들어찬 것이 내려다보였다. 병영처럼 획일적인 구조와 하얀색 건물이었다. 탈북한 정화가 살던 집도 광산주택이라고 했다.

무산이 보이는 산비탈에 섰을 때 가슴이 무너지는 듯했다. 두 달 전 사라진 정화에게 아무 소식이 없는데 자신은 정화가 살던 마을 앞까지 왔다는 사실 때문이었다. 한 발 두 발 산비탈 앞으로 발을 내디뎠다. 정화가 살던 주택을 보다 자세히 살펴보고 싶었다. 같이 두만강 관광을 온 일행이 철수하자고 말하면서 하나 둘씩 내려가는 기척을 느꼈다. 그러나 쉽게 발길을 돌릴 수 없었다. 아니 오히려 한 발 더 산비탈 앞으로 다가섰다. 그러다가 산비탈에서 굴러떨어지고 말았다.

몇 번이나 비탈 위로 기어오르려고 시도했지만 비탈이 아주 가팔랐다. 일행이 찾아오기를 기다렸지만 누구도 나타나지 않았다. 그가 비탈 아래로 떨어진 것을 전혀 알아차리지 못한 모양이었다. 결국 그는 떨어진 지점에서 본래의 자리로 올라가는 것을 포기했다.

경사가 완만한 곳을 찾아 올라갈 생각을 하며 강기슭을 걸었다. 하지만 걸을수록 기슭의 흙바닥이 좁아지더니 아예 물에 잠겼다. 물이 정강이를 덮더니 삽시간에 가슴 위까지 차올랐고 그 순간 '거기 섯!' 하는 외침소리가 터졌던 것이다.

* * *

"탈 없이 넘어갔갔지?"

병사들이 주고받는 말소리가 다시 들려왔다.

"저쪽이 조용하잖습네까? 잡혔으면 벌써 소란이 일어났갔지요."

"기나마 밤안개가 끼어서 다행이야."

은철이란 병사의 높고 빠른 목소리와 민우라는 병사의 느리고 낮은 목소리가 번갈아 들려왔다. 저들은 강변 수풀에서 50미터, 혹은 100미터 간격으로 숨어서 보초를 서고 있다는 북한 국경경비대 군인임이 분명했다.

'저들이 누군가를 중국으로 넘어가게 했단 말인가? 그런데 저들은 분명히 강을 건너던 두 사람에게 서라고 외치지 않았던가.'

그때 정화와 주고받던 말이 떠올랐다.

정화는 중국이나 북한의 국경경비가 느슨해서 두만강을 쉽게 넘어왔다고 했다. 전기철조망 같은 것도 없었다고 말했다. 하지만 최근에는 중국이 탈북자의 주요 탈출 루트에 1.5미터 높이의 전기철조망을 설치하고 있다고 천은 알려줬다. 전기철조망 부근에 CCTV를 설치해서 탈북자가 발생할 경우 중국 측 변방경비대가 즉각 출동하도록 했다는 신문기사를 직접 보여주며 두만강 전역에 철조망을 세울 계획이라는 말도 덧붙였다. 두만강을 건너서 중국으로 오는 일이 크게 어렵지 않았으니 혹시라도 두만강을 건너서 북한으로 되돌아가는 일 또한 쉽다는 생각을 할까 봐 걱정했던 것이다.

"변방대에 잡힌 것 같진 않지?"

민우라는 키 큰 병사가 물었다.

"구덩이 안에만 안 떨어졌으면 된 겁니다. 저쪽에도 우리처럼 구덩이 안에 나무창이나 못 판을 끼워 놓았으면 큰일 아닙네까?"

은철이라는 키 작은 병사가 대답했다.

"중국엔 기런 거 없어. 기리고 이 시간엔 변방대원들도 순찰을 안 돌아."

"알면서 왜 기리 걱정이 많습네까?"

은철이가 대꾸했다.

"금이가 몸이 빌빌하고 금이 아버지도 툭하면 픽픽 쓰러지니까니 기렇지. 더군다나 돈 한 푼 없이 갔으니까니……."

민우가 강가로 걸어갔다. 바람이 불 때마다 수풀의 나뭇가지들이 휘어지고 나뭇잎들이 자르르 소리를 지르며 흔들렸다. 강가에 다가간 민우는 강 너머를 바라보며 움직이지 않았다. 밤안개 때문에 강 너머 중국은 보이지 않을 것이다.

"중국은 돼지도 이밥을 먹는다니까니 걱정 그만두시라요."

"일자리를 못 구하면 술집에 팔려가기도 한다던데……."

"기런 거 다 알면서 민우 동지는 왜 금이네 도강을 도와줍네까?

도와주기 싫다는 나까지 끌어들여 놓고서는……."

"미안해. 동무의 방조를 잊지 않을 거야."

"금이누님이 민우 동지의 애인만 아니었어도 내가 이 총으로 갈겨버렸을 겁니다. 조국 버리고 도망치는 것들은 모조리 죽여야 합네다."

그들의 대화를 듣자 조금 전 상황이 조금씩 이해되었다.

그러니까 물을 헤치며 내가 섰던 쪽으로 헤엄쳐 오던 사람들은 중국으로 도망치던 탈북자였던 것이다. 두 병사는 그 탈북자들이 무사히 건너갈 수 있도록 도와주면서도 임무에 충실한 척 속임수를 쓰느라 서라고 소리를 쳤던 것이다.

은철이가 수풀로 걸어왔다. 천이 숨은 바위까지 걸어오고 있었기 때문에 그는 바위 뒤에 몸을 웅크리고 땅에 납작 엎드렸다. 은철이가 바위에 대고 오줌을 갈겼다. 나뭇잎에 튕긴 오줌방울이 얼굴에 튕겼다. 볼일을 본 은철이가 소총으로 잡목을 후려쳤다. 소총의 개머리판이 그의 머리나 몸을 내리칠 것 같아서 조마조마했다. 몇 번 더 수색하더니 민우가 있는 곳으로 걸어가는 발소리가 났다.

두 병사의 경계가 느슨해진 틈을 노려서 두만강을 건너 중국으로 돌아가야 하는 것이다. 물론 강을 건너다가 병사들에게 들키면 총알 세례를 받을 수도 있다. 그렇다고 해도 이대로 숨어 있을 수는 없다. 저들 병사에게 들킨다면 뭐라고 변명할 것인가. 비탈에서 떨어져서 이곳에 불시착했다면 병사들이 믿어줄 것인가. 헛소리 그만 지껄이고 정체를 밝히라고, 남조선 간첩 아니냐고 물으며 개머리판으로 머리를 후려칠지도 모를 일이다. 한바탕 소동이 벌어지고 결국 수용소로 끌려간다면 어쩔 것인가.

생이란 무엇인가 누가 물으면
우리는 대답하리라
마지막 순간에 되돌아볼 때
웃으며 추억할 지난날이라고.

노랫소리가 들려왔다. 민우가 강가에 앉아 나지막하고 처량하게 노래를 불렀다. 강가에 자욱한 안개처럼 노랫소리가 허공에 축축하게 떠돌았다.

시냇물 모여서 강을 이루듯
날들이 모여 생을 이루리
그 생이 짧은들 누가 탓하랴
영생은 시간과 인연 없어라

노랫소리에 여자를 떠나보낸 허탈한 심정이 그대로 묻어났다. 민우는 같은 구절을 반복해서 불렀다.

"기만하시라요. 누가 들으면 얼빠진 놈이라고 욕먹습네다."

"금이 보내고 나니까니 망둥이 잡던 고향 생각이 나서 그래. 군에 온 지 십 년이 다 됐으니 내가 여기 있느라 임종도 못 본 부모님 생각도 나고. 그나마 금이에게 마음 붙이고 살았는데."

민우가 노래를 멈추고 은철에게 넋두리를 늘어놓았다.

"그만두시라요."

노래를 부르는 민우에게 은철이가 말했다.

"조선인민군대는 철두철미 위대한 김일성 수령님과 위대한 김정일 장군님을 위한 군대입네다. 청춘도 희망도 당과 수령과 조국과 인민을 위해 바쳐야 한다고 배웠지 않습네까?"

"새파란 전사 계급장을 달고 부대에 처음 들어왔을 때는 나도 너처럼 군기가 바짝 들었더랬지."

"난 십 년이 지나도 이 마음 똑같을 겁니다. 국경을 철통같이 지키는 것이 군인들과 인민들의 신성한 의무라고 교육받지 않았습네까?"

"맞아. 기래야지."

"동지도 다시는 도강하는 놈들 방조하는 일을 하지 마시라요. 기런 일 있으면 이젠 내가 신고합네다. 내 조국 버리고 다 넘어가면 우리 공화국은 어떻게 됩네까? 우리 부모님도 입대하던 날 나를 존엄 높은 우리 주체 조선에 바친다고 했습네다. 얼마나 기쁘게 환송해 줬는지 아십네까?"

"기랬지. 나도 기랬어. 신체검사 통과되어서 입대할 때 부모뿐 아니라 마을 사람들까지 축하해 줬지. 기래도 밤은 두만강보다 길다는 말이 있잖나. 지난 십 년 동안 밤을 지새우기가 괴로웠지."

"국경경비대원인 우리가 조국을 도망치는 놈들 봐주는 건 할 짓이 못 됩네다. 걸리기라도 하면 우린 어찌 되갔습네까? 인생 망친 거 아닙네까?"

민우는 대꾸 대신 또 노래를 불렀다. 노래를 부르는 것이 아니라 울먹이는 것 같았다.

천은 정화가 사라진 두 달 동안 많은 자책을 했다. 정화가 탈북자를 가장한 간첩인지도 모른다던 친구의 말 때문에 그녀를 의심하며 내뱉었던 말도 자책이 되었다. 밤늦게 그녀가 인터넷을 해도, 수첩에 무언가를 써도, 어딘가로 늦은 밤 전화를 걸어도 색안경을 끼고 그녀를 쳐다보았다. 그녀가 떠나고 나자 자신의 그런 행동이 그녀에게 상처가 되었을지 모른다는 생각이 들었다. 그녀가 누구든 어떤 생각을 하며 살든 그의 옆에만 있어 준다면 더 이상 바랄 것이 없을 것 같았다.

"나도 동무처럼 솜털이 보송보송하던 열일곱 살 때부터 여기 와서 국경 경비를 했어."

민우가 감회에 젖은 목소리로 말했다.

"알고 있습네다."

"그동안 도강하는 사람들 내 눈으로 숱하게 봤어. 동무는 처음 당하는 일이라서 놀랐갔지만 얼마 안 있으면 도강하는 사람들이 얼마나 많은지 알게 될 거야."

"일없습네다."

"기럼 도강하는 인민의 등에다 총질을 할 거야? 붙잡아서 보위사령부에 넘기는 것보다는 보내주는 것이 마음 편하지 않갔어?"

"무슨 기런 말을 합네까?"

"알았어. 알았으니 멋대로 하라고. 두 주만 지나면 난 제대하니까. 그나저나 금이 보내 놓고 나니까 나도 당장 뒤쫓아 가고 싶어서 환장하갔어."

"금이누님이 기렇게 좋습네까?"

"여기서 버틴 건 다 금이 덕분이야. 제대를 앞두고 금이를 위해 금이의 소원을 들어줬지만 이젠 금이 없인 살 수 없을 것 같아. 금이한테 돈이라도 쥐여줬어야 했는데."

"없는 돈을 어케 줍네까?"

두 병사의 이야기가 이어졌다.

그들의 이야기를 들으면서 주머니에 든 위안화를 만져보았다. 상의 안주머니에 깊숙이 넣어두어 많이 젖은 것 같지 않았다. 위안화가 병사를 회유할 수단이 될 수 있을 것이다. 침착하게 돈을 꺼내 뒷주머니와 안주머니 그리고 팬티 속에 나눠 넣었다. 한꺼번에 돈을 다 빼앗긴다면 이곳에서 나갈 방법이 없을지 모른다.

밤안개가 강을 삼키고 강물소리마저 묻었다. 천은 병사들의 교대시간을 기다렸다. 병사들은 두만강을 바라보며 앉아서 자리를 이동하지 않았다. 이러다가 잡히면 보위부로 끌려가게 될까? 그곳에서 고문을 당하고 북한체제를 위한 대남선전용으로 이용되거나 간첩으로 포섭될까? 들은풍월을 동원해서 앞으로 자신에게 닥칠 수 있는 일을 예상해 보았다.

"금이누님은 중국에 가면 맞아줄 사람이라도 있습네까?"

"금이 엄마가 작년에 도망쳐서 중국에 살고 있어. 기러니 만날 수 있을 기야."

"기럼 조선족이 도와줍네까?"

"엄마와 친척만 찾으면 당연히 도와주갔지."

"난 아무래도 도망자를 이해할 수 없습니다. 거지 노릇하고 몸 팔고…….."

은철이 울화가 치밀어 못 견디겠다는 듯 소총을 좌우로 휘둘렀다. 그러면서 천이 있는 수풀로 다가왔다.

"부스럭대는 소리가 나지 않았습네까?"

수풀로 다가서던 은철이가 민우를 돌아보며 물었다.

"글쎄. 동무는 수풀 근처에만 가면 뭔 소리가 난다고 하더라."

민우가 면박을 주어도 은철이는 천이 숨은 바위까지 다가왔다. 납작 엎드리지만 가슴이 쿵쾅 뛰었다. 제발 그만 멈추고 돌아서라. 병사가 한 발 한 발 가까이 올 때마다 가슴이 짓밟히는 것 같았다. 은철이는 소총으로 수풀을 휘저었다. 소총이 바위에 부딪히며 요란한 소리를 냈다. 소총을 수풀에 휘두르는 바람에 천은 바위에 붙었다. 은철은 소총을 낮게 들고 휘두르더니 총구를 그의 머리에 박았다. 아픔을 참으며 이를 악물었으나 은철이가 거목처럼 앞에 버티고 섰다.

"꼬, 꼼짝 마!"

두 손을 번쩍 들었다. 일어서려고 하자 은철이가 총구로 천의 머리를 내리쳤다. 엎어진 그의 몸을 발로 차더니 등허리를 한쪽 발로 찍어 눌렀다. 억센 풀이 그의 얼굴을 찌르고 흙냄새가 비릿했다. 그는 흙바닥에 토악질을 했다.

"무슨 일이야?"

민우가 소리치며 달려왔다. 그를 발견하자 몸수색부터 했다. 핸드폰과 지갑을 찾아냈지만 옷 깊숙이 넣어둔 돈은 찾지 못했다.

"큰일 났어. 큰일이야."

민우가 몸수색을 하는 동안 은철이가 계속 떠들었다.

"이자는 우리가 한 짓을 다 봤단 말입네다. 우리가 금이네를 도망시키는 것을 봤다니까요."

붙잡힌 그보다 그를 잡은 은철이가 더 겁에 질려 있는 듯했다.

"왜 여기 숨어 있는 거지?"

민우가 물었다. 대꾸하려고 몸을 움직이자 은철이가 총구로 등을 찔렀다. 어서 지갑을 뒤져보라고 은철이가 떠들었다. 민우가 그의 지갑을 뒤졌다.

"주민등록증? 서울시……? 이놈, 남조선 간첩 아냐?"

"남조선, 가, 간첩 말입니까?"

"남조선 신분증이 여기 있잖아."

"기, 기럼 우리가 간첩을 잡은 영웅이 되는 겁네까?"

"가만. 생각 좀 해보자."

민우의 목소리가 신중했다.

"이자가 우리가 한 짓을 봤다?"

"기렇지요. 놈이 우리가 한 짓을 다 봤습네다. 좋아할 게 아니네요. 이놈이 입만 열면 우리가 금이네를 중국으로 넘겨 보낸 것이 발각되어서 교화소로 굴러떨어지는 거 아닙네까?"

"그렇갔지?"

"죽입시다. 총으로 갈겨버립시다."

"총소리가 나면 일이 복잡해질 수도 있어."

"기럼 칼로 죽입시다. 급소 찌르는 거 배웠습다."

"시체는 어떻게 하고? 손에 피 묻히고 싶어?"

"물에 밀어 넣으면 되잖습니까?"

"사람을 죽이는 일이 그렇게 간단해?"

"기럼 어쩌갔단 말입니까?"

두 병사의 대화가 겉돌고 있었다. 여기서 있었던 일을 절대 발설하지 않겠다고 맹세하고 싶었다. 하지만 조금만 움직여도 개머리판이 천의 어깨를 후려쳤다. 심한 통증을 느끼며 앞으로 고꾸라지자 은철이 어깨를 잡아 일으키며 총구를 그의 가슴에 들이댔다.

"남조선에서 온 간첩 맞지?"

"중국으로 관광 온 한국 사람입니다. 산비탈에서 굴러떨어져서 길을 잃고 헤매다가……."

"이 새끼, 어디서 거짓말하고 있어!"

민우가 가슴을 발로 찼다. 뒤로 벌렁 넘어졌지만 얼른 곧추세워 앉았다. 사실을 믿어주지 않으면 어떻게 이 상황을 모면할 것인가? 변명 한마디 들어주지 않고 무조건 폭력을 쓰니 저항할 수 없었다.

"왜 강을 넘어왔어?"

민우가 물었다.

"빨리 처치해 버립시다."

"방정 좀 그만 떨어."

"발각되면 우린 끝장입네다. 당할 일이 끔찍합네다."

두 병사가 그의 갑작스런 등장에 쩔쩔매고 있었다. 병사들의 총부리는 적을 향해 겨누기도 하지만 자신들의 불안을 향해 겨누고 있었다.

"다시 묻갔어. 어디서, 왜 온 거야?"

"아까 말한 대롭니다. 우연히……."

"거짓말! 무슨 임무가 있는 거야. 틀림없어."

은철이가 가슴에 댔던 총구를 그의 목으로 옮겼다. 하지만 그의 마음은 오히려 담담했다. 저들이 주민을 몰래 도강시켜 준 현장을 잡혀서 그를 보위사령부로 넘기지 못할 것이란 계산이 선 때문일까? 아니면 북쪽 사람도 남쪽 사람과 다르지 않다는 것을 새삼 터득했기 때문일까?

"아무것도 발설하지 않겠습니다. 맹세합니다."

"시끄럿!"

"함께 버스를 타고 저쪽 두만강 변에 온 사람이 25명이나 됩니다."

"스물다섯 명? 왜 왔어?"

"관광 왔다니까요."

"지금은 다 어디로 갔어?"

"연길로 돌아갔겠지요."

"한가한 새끼들이구먼. 놀러나 다니고."

"지금쯤 내가 없어진 것을 알고 난리가 났을 겁니다. 만약 나한테 무슨 일이라도 생기면 국제적으로 문제가 될 수 있어요. 우리 정부에서도 가만있지 않을 겁니다."

"이 새끼가 지금 우리를 협박하는 거야?"

그는 안주머니에 든 위안화를 꺼냈다.

"이 돈을 다 줄게요."

민우가 재빨리 그 돈을 빼앗았다.

"제발 중국으로 돌려보내 주십시오."

"돌아가겠다고?"

"그러면 아무 일도 없었던 게 되지 않습니까?"

"기야 기렇지. 네놈이 떠들지만 않는다면."

민우의 목소리가 많이 누그러졌다.

"이놈의 돈을 받으면 안 됩네다."

은철의 말에 아랑곳하지 않고 민우는 돈을 눈 가까이 대고 세었다.

"이 돈이면 우리 금이하고 살림도 차리갔다."

민우가 주머니에 돈을 쑤셔 넣었다.

"저놈을 중국에 돌려보내면 동지에게 돈을 준 사실까지 다 떠들 겁니다."

"무슨 걱정이 그렇게 많아?"

민우의 말에 은철이가 아무 말 못하고 흙바닥을 발로 툭툭 찼다.

"그 돈은 여자에게 주려고 가져온 돈입니다."

좀 과장된 말이지만 그렇게 돈의 사용처를 말했다. 여자 이야기가 그의 두 번째 카드인 셈이었다.

"여자?"

여자라는 말에 민우가 관심을 보였다. 은철은 두 손을 들어 X자를 만들었다. 그러면서 절대 속아 넘어가지 말라고 떠들었다.

"여자가 살던 마을이 저기 무산 광산주택입니다. 저 비탈 위에서 광산주택을 내려다보다가 그만 발을 헛디뎌서 두만강으로 굴러떨어진 겁니다."

"여자가 여기 광산주택에서 살았다고? 그럼 여자가 우리 공화국 사람이란 말이네?"

"네. 서울에 들어와서 살았는데 두 달 전에 사라졌습니다. 여자가 살던 고향이나마 먼발치에서 보고 싶었습니다. 그래서 두만강 관광을 무작정 따라나선 겁니다. 절대 다른 이유는 없습니다."

"사랑한 거야, 우리 공화국 에미나이를?"

"그럼요. 아주 많이."

"인물은 훤한 놈이 하는 짓은 머저리로구먼."

"기렇다면 우리 공화국에 침투하려던 것이 맞잖아요?"

"기건 아니라고 아까부터 말하는 거 못 들었어?"

민우가 그를 두둔했다.

"여자가 고향이 그리워서 찾아갔다면 여자를 만나볼 수도 있갔구먼?"

"동지, 무슨 기런 말을 합네까? 이놈 말을 믿으면 안 됩네다. 월남 도주자와 배신자들이 미국과 괴뢰정보기관의 지령을 받고 침투하다가 체포된 일도 있다지 않습네까?"

"이런 머저리! 기런 개 풀 뜯어먹는 소리 그만해. 누가 지금 들여보낸대? 여자가 어디 있는지도 모른다잖아. 여자를 그리 보고 싶으면 보고 가면 좋지 않겠냔 말이지. 기건 네 의견이고 이자는 지금 중국으로 돌아가갔다고 두만강 건너게 해달라잖아."

은철이가 가래를 돋우더니 침을 탁 뱉었다.

"남조선에 간 우리 도망자들이 거지 취급받고 산다며?"

은철이가 그에게 얼굴을 바짝 들이대며 물었다.

"기딴 거 알아서 뭐 하려고 그래?"

민우의 말에 은철이가 가래침을 또 아무 데나 뱉었다.

"그 여자 집이 어딘지는 알아?"

민우의 질문에 정화의 집 호수를 말해 주었다.

"여기서 이십 분이면 닿을 수 있는 곳이네."

20분. 그 말을 듣자 속이 울렁거렸다. 밤안개가 낀 강기슭의 '북한 땅'이 아니라 '정화의 집에서 가까운 동네'라고 말하는 것 같았다. 정화가 만약 북한에 있는 자신의 집으로 되돌아갔다면 20분 후면 만날 수 있다는 말과 같은 것이다!

"이자가 금이네 도강시키는 것만 안 봤어도 당장 보위사령부에 넘기면 되는데. 기럼 포상도 받을 거고 영웅도 되고 말이지. 그런데 이도 저도 못하니까 정말 미치갔습네."

"이제 이해가 돼. 이놈은 여자 만나러 온 거야. 사랑하는 여자 때문이라면 충분히 건너올 수 있어. 사랑에는 국경도 없으니까니."

"왜 이럽네까? 비탈에서 미끄러져 오게 됐다고 했잖습네까? 민족의 태양이신 위대한 장군님의 전사가 백성을 남의 나라로 도망치게 한 것도 죄송한데 저런 머저리한테 돈을 받고 처치하지 않으려고 수작을 떠는 겁네까? 민우 동지가 한심스럽습네다. 정 이러면 소대로 돌아가서 신고하갔습네다."

"독사 아가리에 손가락을 넣고 싶어?"

은철이가 그의 가슴에 겨누고 있던 총을 내리더니 돌아섰다. 금방이라도 소대로 달려가서 신고를 할 것처럼 설쳤다. 민우가 은철이의 멱살을 붙잡더니 뺨을 철썩 쳤다.

"왜 이러십네까? 도망자를 방조한 주제에. 내가 처벌당할 때 당하더라도 신고하갔습네다."

은철이가 소리치더니 휙 돌아서서 수풀을 헤치며 뛰어갔다.

"거기 섯!"

은철이 더는 가지 못하고 멈췄다.

"이리로 와!"

하지만 은철이는 몸을 돌려 강을 바라보며 쓰러지듯 앉았다. 그러자 민우도 더 이상 참견하지 않았다.

밤안개를 뚫고 이곳을 무사히 빠져나갈 수 있을까. 강 가운데까지 도망치더라도 밤안개 때문에 길을 또 잃을 것 같았다. 방향을 알 수 없고 경계를 구분할 수 없게 만드는 밤안개가 국경보다 더 두텁게 국경 역할을 하고 있었다. 아니다. 저 밤안개보다 더 큰 장막은 병사들에게 뜻밖의 일이 터졌을 때 그에게 닥칠 위험에 대한 두려움이었다.

"나도 한때는 저 애송이 새끼처럼 총 들고 나라를 지키는 걸 자랑으로 여겼지."

민우가 말했다.

"남조선 군대는 허수아비 군대여서 싸우면 무조건 이긴다고 배웠단 말이야. 십 년이 지나고 나니까니 뭐가 뭔지 도통 모르갔어. 저 건너에서 우리를 내려다보는 남조선 놈들 보면 매가리 없는 허수아비들 같지가 않아."

민우는 알아들을 수 없는 욕을 허공에 대고 퍼부었다.

"금이 때문에 지금까지 버티고 살았는데 이젠 금이도 없고 난 함경도 탄광으로 무리배치를 가게 됐으니. 우린 평생 만날 수 없을지 몰라. 살아 생이별은 생초목에 불붙는다 했는데 애간장이 다 타버릴 것 같단 말이다. 기러느니 차라리……."

민우가 고개를 숙이더니 한동안 움직이지 않았다.

천은 문득 군대에서 2년 6개월 동안 해안경비를 서던 일이 떠올랐다. 동해의 해안선에서 군 복무를 했었다. 소총을 들고 매일 철책

앞에 서 있었지만 단 한 번의 사건 사고도 없었다. 그렇다면 소총은 왜 들고 있었으며 총부리를 겨누고 있었던 대상은 누구였던가. 제대하던 날 그의 가슴에는 시원함보다 헛헛함이 들어차 있었다. 자신이 상대했던 것이 무엇인지 알 수 없다는 의문 탓이었다. 2년 6개월은 매초 긴박하게 흘러갔지만 막상 돌아보니 그 긴박함의 실체가 모호하기 짝이 없었다. 어쩌면 실체가 없는 것을 향해 총부리를 겨누고 보낸 시간이었다.

그렇게 총부리를 겨누고 있었기 때문에 아무 일이 없었던 것이라고 말하는 사람도 있었다. 또 누군가는 아무 일 없이 제대해서 다행 아니냐고 반문했다. 하지만 그렇다고 그의 의문이 사라진 것은 아니었다. 그토록 엄격하고 철저하게 관리하며 보낸 시간의 의미가 무엇인가 돌아볼 때마다 실체는 여전히 모호하기만 했다.

* * *

얼마나 시간이 지났을까.

수풀을 헤치는 소리에 민우와 천은 고개를 들었다. 어둠 저쪽에서 누군가 걸어오고 은철이가 거수경례를 붙이는 것이 보였다.

민우가 벌떡 일어나더니 천을 수풀로 밀어 넣고 그들에게로 뛰어갔다.

"별일 없나?"

"예. 소대장 동지, 아무 이상 없습니다. 어쩐 일이십네까?"

"경계를 제대로 서야지. 은철 동무와 왜 떨어져 있나? 2인1조 기본 근무수칙도 모르나? 지금 상류 쪽에서 도강하던 놈이 잡혀서 경비를 철저히 서라는 상급부대 지시가 내려왔어. 멈추라고 명령하는데도 무시하고 도강하면 가차 없이 사살하라는 지시야."

그때 은철이가 수풀로 걸어왔다. 민우가 은철에게 달려들어 제지해도 은철이는 민우의 손을 뿌리치고 기어이 수풀 속에 숨은 천을 일으켜 세웠다.

"이자를 신고하갔습네다. 남조선 간첩을 모른 척할 수 없습네다. 소대장 동지도 왔으니 잘됐습네다."

은철이가 천을 잡아끌더니 소대장 앞에 내팽개쳤다. 그가 소대장 앞에 나뒹굴자 소대장이 뒷걸음질 쳤다.

"조, 조금 전 중국에서 넘어온 관광객입네다. 저 건너 비탈에서 발을 헛디뎌 떨어졌는데 안개 때문에 길을 잃고 넘어온 모양입네다. 그래서 우리가 지금 조사 중이었습네다."

민우가 말을 더듬었다.

"조사? 당장 소대로 끌고 가! 경계근무규칙을 잊었나?"

"저자가 금이와 금이 아버지를 도강시킨 것을 다 봐서……. 소대로 끌고 가면 소대장 동지도 무사하지 못합니다. 금이 일은 소대장 동지도 허락해 준 일이 아닙네까?"

"신참까지 있는 데서 기런 말을 왜 하나? 동무 제정신이야?"

"소대장 동지, 기게 사실입네까?"

"……."

"그렇다면 금이 부녀가 도강하는 것을 소대장님도 방조했단 말입네까?"

은철이가 대들듯이 소대장에게로 몸을 돌렸다. 소대장이 은철의 정강이를 차며 욕을 퍼부었다. 은철이는 고꾸라졌다가 일어서며 부동자세를 했다.

"저자는 남조선 간첩입니다."

"아닙니다. 관광객입니다."

소대장이 은철과 민우를 번갈아 쳐다보았다. 그러고는 두 병사 사이를 정신없이 오가더니 민우에게 다가섰다.

"기렇다고 해서 남조선에서 넘어온 저자를 소대로 끌고 가지 않갔단 말인가?"

"소대장 동지, 무 농사 잘못하면 가랑무만 생기는 법입네다. 저자가 본 것을 불면 저는 끝입네다. 물론 소대장 동지도 무사하지 못

합네다. 내가 끌려가면 소대장 동지의 비리를 안 까발릴 수 없잖아요.”

"비리를 까발린다고?"

"소대장 동지는 술집 드나드느라 빚도 많이 지지 않았습네까? 부대 알곡을 가져다 과붓집에 준 적도 있잖습네까?"

"입 닥치지 못하갔나?"

소대장의 목소리가 한껏 움츠러들었다. 그때를 틈타서 민우는 얼른 소대장의 주머니에 돈을 찔러 넣어주었다.

"어서 저 머저리 데리고 소대로 가 계십시오. 교대시간이 얼마 남지 않았습네다. 그사이 내가 저놈이 중국으로 넘어가도록 엄호하겠습네다. 감쪽같이 강 건너로 보내주면 끝입네다."

소대장이 두 병사 사이를 오가며 고심에 빠진 모양이었다. 바람이 한차례 불자 수풀의 나무들이 휘청거리며 흔들리고 나뭇잎들은 와르르르 소리를 내지르며 떨어졌다. 그 소리를 신호 삼아 수풀 속에 숨죽이고 있던 복병이 튀어나올 것 같은 을씨년스런 분위기였다.

"아무 걱정 마시라요. 우리가 다 같이 살 방법은 기것밖에 없어요. 저놈은 잡으라는 쥐는 안 잡고 씨암탉만 물 놈입니다. 소대에 가서 저 머저리 새끼나 입 다물게 잘 단속하시라요. 저 머저리가 하나만 알고 둘은 몰라서 사고 칠까 봐 골치 아파 죽갔습네."

소대장이 은철을 돌아보았다. 은철은 돌아가는 상황을 파악하느라 굳어져 있었다. 소대장이 멍청하게 서 있는 은철이의 등을 손바닥으로 한 대 갈기더니 은철의 팔을 잡아끌었다. 은철이는 끌려가지 않으려고 버둥거리며 고개를 내저었다.

"우리 공화국에 넘어온 저 남조선 반동 놈을 두고는 못 갑네."

은철이가 소리치더니 그의 머리에 총구를 들이댔다.

순간 민우가 소총을 재빨리 빼앗았다. 소대장이 은철의 팔을 등 뒤로 비틀어 끌어당겼다. 흥분한 은철이를 소대장이 소대 막사 쪽으로 데려갔다. 은철이는 마지못해 발을 질질 끌면서 끌려가고 있었다.

* * *

다시 조용하다. 민우는 말없이 강을 바라보더니 고개를 주억거렸다. 무언가 결정했다는 태도였다.

"숨겨놓은 돈 더 있으면 다 꺼내 놔. 그럼 내가 강을 도로 넘어가게 해주갔어."

민우가 타이르듯 말했다. 팬티 속에 든 돈만 빼고 다 꺼내주었다.

돈을 주머니에 챙겨 넣고 난 민우가 강 건너편을 노려보았다.

"십 년 동안 여기서 무슨 짓을 했는지 모르갔어. 물장사 삼 년에 궁둥이 짓만 남는다더니……. 이제 나도 하고 싶은 대로 선택하고 싶어."

민우의 입에서 나온 '선택'이란 단어가 무척 낯설었다.

"내가 지금 뭔가 선택을 한다면 아마 내 생애 최초의 선택이 될 거야."

민우가 일어나더니 웃옷을 벗었다. 혁대를 풀고 바지도 벗었으며 결국 속옷만 남기고 몽땅 벗었다.

"동무도 벗어. 군복을 입고 다니면 의심하는 사람이 적을 거야."

천은 엉겁결에 옷을 벗었다. 총을 가진 민우가 시키는 대로 하는 수밖에 없었다. 옷을 벗기 무섭게 민우는 그의 옷으로 갈아입었다. 그도 민우의 군복을 입었다. 땀내가 물씬 풍기는 민우의 군복은 그의 몸에 조금 작았지만 억지로 단추를 여몄다. 옷을 갈아입은 민우가 어색하게 웃었다. 짧은 머리카락과 강파른 얼굴이지만 하늘색 셔츠와 남색 바지 차림이 남한의 청년과 다를 바 없었다. 옷을 바꿔 입었을 뿐인데 누가 남쪽 사람이고 누가 북쪽 사람인지 구분하기 어려울 지경이었다.

"저 머저리 새끼가 기어코……."

어둠 속에서 은철이가 걸어오는 것을 본 민우가 중얼거렸다. 옷을 바꿔 입고 활기에 찼던 민우가 멈칫했다. 은철이는 금방이라도 앞으로 고꾸라질 듯 위태롭게 걸어오다가 픽 쓰러지고 말았다.

"소대장에게 얻어맞았군. 저 머저리새끼, 저러다 죽을라고."

"네?"

"동무는 알 것 없어. 어서 도망치자."

민우가 서둘렀다.

"저 위로 올라가면 큰길이 보이니까 그 길로 곧장 뛰어가라우. 다른 방법이 없어. 어서 가라고. 그 여자 집에 가라니까."

"네?"

민우의 말을 못 알아듣자 천의 팔을 잡더니 언덕 위로 끌고 갔다.

'정화의 집으로 가라니. 중국으로 돌려보내기는커녕 오히려 북한 땅으로 더 깊숙이 들어가라니.'

하지만 아무리 생각해도 민우의 의도를 도무지 알 수 없었다.

"곧장 걸어가면 옥수수 탈곡장이 나올 거야. 그 왼편 길로 오백 미터쯤 가면 광산주택이야. 최대한 빨리 뛰어가."

"가라니요? 어디로?"

"이 새끼 귀가 먹었어? 빨리 서둘러야 날이 밝기 전에 여기로 돌아와서 중국으로 돌아갈 것 아닌가?"

"갔다가 다시 오라니, 그러면……."

"기래. 여자가 거기 있는지 확인하고 싶댔잖아. 갔다 와서 중국으로 건너가란 말이야. 저기 커다란 바위가 보이는 데서 강물을 일직선으로 건너. 기쪽으로 건너면 중국 쪽 비탈이 가파르지 않고 수월해. 기래서 금이 부녀도 기리로 갔으니까."

민우가 천의 손을 잡았다.

"나도 넘어갈 거야, 중국으로."

"뭐라고요?"

"금이를 따라가야지. 어차피 여기서 살긴 글렀어. 소대장도 자기 살려고 나를 가만 안 둘 거야."

"네?"

한참 동안 멍해져 있다가 간신히 천은 알아챘다. 민우가 그에게 옷까지 갈아입혀서 정화의 집을 가르쳐준 이유를 알 것 같았다.

말하자면, 천은 북한으로, 민우는 중국으로, 엇갈린 길로 들어서자는 것이다.

정화가 살던 집이 20분 거리이며 밤중에 돌아와서 강 건너 중국으로 돌아갈 수 있다니. 정화가 살던 마을을, 집을, 그리고 무엇보다도 정화를 볼 수 있을지도 모른다. 그렇다고 정화가 있는지 확인하려고 북한으로 들어가라니.

"난 우연히 두만강을 건너 여기 온 거라니까요. 그러니 나도 같이 두만강을 건너 중국으로 돌아가겠어요. 다시 말하지만 여기 오게 된 건 단지 우연히……."

"눈 딱 감고 한번 선택해 보라우. 그 정화 에미나이 만나고 싶지 않아? 바로 근처니까 후딱 가서 만나고 날 밝기 전에 와서 두만강 건너가면 된다니까니. 아니면 영영 못 가볼 거 아닌가?"

민우가 천의 등을 떠밀었다. 그는 쏜살같이 뛰어서 강물로 향한다. 그는 언덕 위에 선 채 움직이지 못했다. 북한으로 들어가라는 민우의 말에 다리가 후들거렸다. 이미 민우는 강물을 건너고 있었다. 그 사실을 받아들이려니 가슴이 터져버릴 것 같아서 언덕 위에서 이런 선택도 저런 선택도 하지 못한 채 망설였다. 민우의 다리와 팔이 안개에 잘려져서 몸통만 허공에 떠도는 것 같았다. 누군가 헤엄치는 민우를 발견한 것인가. 들켰으니 민우는 두만강을 무사히 건널 수 있을까?

서라는 외침이 들리더니 더 커지고 날카로워졌다. 그 외침에 쫓겨 민우가 가르쳐준 언덕 위의 둑으로 올라서서 몸을 피했다. 그런 뒤 큰길로 뛰어갔다. 정화가 북한을 선택해서 태어난 것이 아니듯 나는 북한을 가겠다고 작정하고 온 것이 아닌데도 지금 북한 땅에 있는 정화의 집으로 가고 있는 중이었다.

'탕! 탕!'

총소리가 공기를 다급하게 가르는 소리가 들렸다.

은철이가 강기슭에서 이리저리 뛰어다니며 총을 쏘고 있는 줄 알았다. 강물을 헤쳐 가는 민우를 향해 총을 쏘고 있는 줄 알았다. 강 건너 가는 민우를 나라고 착각해서 쏘는 줄 알았다. 아무래도 은철이가 자신의 충성심을 포기하지 못한 줄 알았다.

그러나 아니었다. 눈앞의 광경을 믿을 수 없었다.

큰길에 올라서서 숨을 몰아쉬며 강기슭을 내려다보았을 때 고꾸라진 것은 민우가 아니라 은철이라는 것을 알았다. 총을 들고 은철을 쏜 것은 소대장이었다. 쓰러진 은철에게 소대장이 다가서고 있었다.

도대체 왜 이런 일이 벌어진 것일까?

이유를 생각할 겨를도 없이 공포심이 목구멍을 막아서 숨을 쉴 수가 없었다. 소대장이 들고 있던 총이 언제 나를 겨눌지 모를 일이었다. 나는 민우가 알려준 도로로 질주했다.

얼마나 뛴 것일까? 산비탈에서 건너다보이던 무산의 하얀 건물들이 보였다.

이제 잠시 후면 소대장은 알게 될 것인가. 강을 건넌 사람이 천이 아니라 민우였다는 사실을. 민우가 사라진 것을 알게 된다면 민우를 찾기 위해 대대적인 수색을 벌일 것인가. 지금 천은 민우의 옷을 입고 있다. 그것 자체가 위험한 짓이다. 그렇다고 옷을 벗고 속옷 차림으로 북한의 거리를 뛰어다닐 수는 없지 않은가.

소대장은 어떤 음모를 꾸미려고 은철에게 총을 쏜 것인가?

천은 두만강과 반대쪽인 북한 땅을 향해 뛰었다. 마치 거대한 악어의 입속으로 들어가는 끔찍한 기분이 들었지만 다른 선택의 여지는 없었다.

그가 선택하지 못한 선택이 이미 끝난 것이다. ◆

리수의 강

리수의 강

카메라 렌즈 속으로 들어온 아이들은

기다렸다는 듯

반가운 손 반짝반짝 흔들었다

이팝꽃 자지러지게 핀 봄날 오후 국경선의 적막 무너뜨리며

안 보일 때까지, 자작나무 가지 사이로

오래오래

— 홍사성, 「국경 없는 동심」 전문

* * *

리수는 학교에서 돌아오자마자 방문을 열었다.

엄마는 없고 방 안에 덩그렇게 놓인 밥상뿐이었다. 밥상보를 열자 그릇마다 반찬이 수북했고 밥통에는 옥수수밥이 가득했다.

"무슨 일이지비?"

리수는 이상하다고 생각하면서도 책가방을 던져놓고 밥부터 먹었다. 아무리 먹어도 반찬이 줄지 않았다. 배불리 먹고 부엌으로 나갔다. 땔감도 아궁이 옆에 가득 쌓여 있었다. 그런데 밤이 되어도 엄마가 돌아오지 않았다. 몇 년 전 아버지도 없어졌다.

그날 아버지는 기업소에서 출근 등록부에 이름만 적고 곧장 집에 돌아왔다. 앞산에 올라가서 땔감을 해오겠다고 나간 뒤 한밤중이 되어도 돌아오지 않았다. 아버지를 찾으러 가자고 보챘지만 엄마는 꼼짝하지 않았다.

"니 아버지는 죽은 거임둥."

그날 엄마는 리수에게 딱 잘라 말했다. 리수가 훌쩍이자 다신 울지 말라고 뺨을 때렸다.

'아버지가 죽었는데 울지도 못하게 하나.'

리수는 실컷 울어야 아버지가 죽고 없다는 것을 믿을 수 있을 것 같았다. 아버지가 죽었다면서 울지도 못하게 하는 엄마가 미웠다.

아버지가 없어진 뒤 안전원이 집에 들락거렸다. 아버지가 간 곳이 어딘지 대라고 엄마를 추궁했다. 엄마는 모른다고 했지만 안전원은 한동안 찾아와서 같은 말을 묻고 또 물으며 엄마를 괴롭혔다. 그런데 이번에는 엄마가 사라진 것이다. 아버지가 돌아오지 않던 날처럼 엄마도 연기처럼 흔적도 없어졌다.

생각해 보니, 며칠 동안 엄마는 평소와 달랐다. 땔감을 가져다가 밀대에 싣고 장마당 구석 자리에서 파는 일도 하지 않았다. 생전 주지 않던 용돈도 주었다.

밤새 엄마가 오지 않았고 리수는 아침 일찍 옆집으로 달려갔다.

"우리 엄마 못 봤슴메?"

"엄마가 없슴메?"

동현 엄마는 주위를 두리번거리며 조심스레 물었다. 리수는 고개를 끄덕였다.

"기어이."

그다음에 이어질 말을 기다리는데 동현 엄마는 리수를 방으로 데리고 들어갔다.

"밥은?"

"엄마가 밥을 가득 해놨지비."

"그럼 날래 학교부터 다녀오라우."

"우리 엄마는 금방 오지비?"

"그딴 거 묻지 말라우. 아무한테도 엄마 없어졌다고 말하지 말라우."

동현 엄마의 말을 듣는 순간 리수는 또 아버지 생각을 했다. 아버지가 없어지던 날 엄마가 리수에게 하던 말과 똑같았던 것이다.

"그럼 우리 엄마 언제 오지비?"

그래도 리수는 동현 엄마에게 한 번 더 물었다. 동현 엄마는 아무런 대답도 하지 않고 리수의 등을 밀었다.

리수는 흰색 와이셔츠와 감색바지 교복을 입었다. 옷은 며칠 동안 빨지 않아 지저분하고 바지는 엉덩이와 무릎이 빤질거렸다. 빨간 스카프를 목에 두르고 매듭을 지어 넥타이로 만들었다. 붉은 넥타이를 매는 순간 깰 학교*에서 벗어나 어른이 되어 가는 줄 알았다. 하지만 리수가 어른이 되기도 전에 어른들은 왜 자꾸 사라지는 것인가. 리수는 붉은 넥타이 끝의 너덜거리는 실오라기를 잡아당기면서 생각했다.

소년단 입단을 할 때만 해도 기분이 좋았다. 표지판에 쓴 선서문을 들고 소년단 행진곡을 부르며 입장했다.

'사회주의 건설의 후비대가 되기 위하여 항상 준비하자!'

---

* 정신적으로 깨우치지 못한 어린 학년.

선생님이 외치면 아이들은 항상 준비! 라고 복창했다. 오른손바닥을 편 채로 머리 위로 세워 올려 소년단 경례를 했다. 그런 뒤 소년단 행진곡을 부르면서 퇴장할 때는 얼마나 뿌듯했던가.

학교로 가는 길이 이 세상에서 가장 먼 길 같았다. 집에서 멀어지고 있다는 것은 집으로 돌아갈 길이 그만큼 멀어진다는 의미였다. 학교에 있는 동안 엄마가 들어왔다가 또 나가는 건 아닐까 싶어서 자꾸만 뒤돌아보곤 했다.

위대한 수령 김일성 대원수님 어린 시절 시간과 공산주의 도덕 시간, 그리고 친애하는 령도자 김정일 장군님 어린 시절 시간이 모두 끝났다.

리수는 학교가 끝나자마자 곧장 집으로 뛰어갔다.

집은 역시 텅 비어 있었다. 리수는 방바닥에 가방을 던져놓고 마루에 우두커니 앉아서 허공만 바라보았다. 이대로 엄마는 영영 돌아오지 않을 것만 같았다.

* * *

저녁에 건넛마을에 사는 사촌인 수호 형이 찾아왔다.

"엄마가 없어졌다면서?"

"형, 어디서 소문 들었네? 비밀로 해야 되는데."

"동현이한테 빵 하나 주니까 다 말해 줬지비."

"형. 혹시 다른 데 말했네?"

"안 했어. 걱정 말라우."

하지만 아무리 쉬쉬해도 알 사람은 결국 다 알게 될 것이다. 그러면 엄마도 아버지처럼 오고 싶어도 못 오게 되는 것이라고 동현 엄마가 말했다.

"니 엄마는 두만강 건너간 거라우."

"중국으로 넘어갔네? 그럼 나는 왜 안 데리고 갔네?"

"둘이 가다가 잡힐까 봐 그런 거라우. 브로커에게 줄 돈이 모자라서 돈 벌어서 데려가려고 한 거디."

"형. 그럼 나 이제 혼자 살아야 하네? 안전원 오면 뭐라 하디?"

"모른다 해야디. 너를 잡아가지는 않을 거라우. 나도 엄마 사라진 뒤 옆집에서 살았디."

"왜 형은 옆집에서 살았네?"

"엄마가 중국에서 돈을 그리로 부쳐줬디."

수호 형이 리수의 손을 잡으며 말했다.

* * *

리수는 아침마다 두만강으로 나갔다.

강변에서 아주머니들이 빨래에 비누칠하고 강물에 빨래를 헹궈 내는 동안 리수는 강변을 어슬렁거리다가 물수제비를 뜨곤 했다.

리수가 돌멩이 하나를 던지면 다섯 개의 물수제비가 만들어졌다. 엄마가 있었더라면 리수가 만든 물수제비를 보며 좋아했을 것이다. 리수는 돌멩이를 또 하나 던지며 두만강 저편을 눈여겨보았다. 엄마는 두만강을 건너 중국으로 갔을 거라던 수호 형의 말이 떠올랐다.

'나도 저 두만강을 헤엄치면 갈 수 있을까.'

리수는 물수제비를 뜨면서 강폭을 대중해 보는 것이 일이었다. 2, 30미터 정도 헤엄쳐 건너면 될 것 같았다. 상류로 좀 더 올라가면 훨씬 헤엄쳐서 건너기가 쉬울 것이다. 두만강만 건너면 중국 땅에서 숨기는 쉽다고 들었다. 조선족들이 보호해 주고 밥도 준다고 수호 형이 알려준 적이 있었다.

'그래. 나도 두만강을 건너가자!'

리수는 그런 생각만 해도 가슴이 마구 뛰었다.

* * *

천은 몸을 구부리고 숲으로 재빨리 걸음을 옮겼다. 날이 밝기 전에 숲을 지나 자작나무가 우거졌다는 마을로 들어가야 했다. 자작나무, 자작나무. 입으로 수없이 되뇌었다. 자작나무 숲은 좀처럼 보이지 않았다. 어스름이 걷히고 동이 뿌옇게 터올 때까지 걸었다. 얼마나 걸었을까. 움막 같은 작은 집 한 채가 눈에 들어왔다. 재빨리 그 집을 향해 걸었다. 두만강을 건너 북한 땅으로 숨어드는 동안 국경수비대가 조준하는 총알이 금방이라도 등 뒤에 날아와 박힐 것만 같았다.

하지만 이제 그런 위기로부터 벗어난 것이다. 목이 말랐고 허기져서 더 이상 걸을 수 없을 것 같았다. 날이 밝기 전에 몸을 숨길 집으로 들어가야 했다. 아무래도 길을 잘못 든 듯했다. 일단 눈에 띄는 가장 가까운 집 앞으로 걸어갔다. 대문 밖에서 안을 살폈다. 흙마당을 지나 마루와 두 칸의 방이 있는 집안 내부가 보였다.

잠시 기다리자 한 아이가 방문을 열고 나왔다. 아이는 부엌문도 열어보고 옆방 문도 열어보았다. 누군가가 오기를 기다린 모양이었다. 아무도 발견하지 못한 듯 아이는 어깨를 늘어뜨리고 마루에 앉았다. 두 다리를 흔들며 허공을 바라보고 있었고 아이가 흔드는 다리 아래 댓돌에는 검은색 남자 운동화와 뒤축을 눌러 신은 분홍색 여자 운동화가 나란히 놓여 있었다. 천은 대문 안으로 성큼 걸어

들어갔다.

"누구지비?"

마루에서 내려오며 아이가 물었다.

"어른들 계시니?"

"나 혼자 있구마."

"아, 그래. 물 좀 얻어먹을 수 있니?"

아이는 눈을 크게 뜨며 그를 올려다보았다. 더벅머리 아이는 멀리서 볼 때보다 훨씬 작고 말랐다.

"조선족임둥?"

그의 말투나 억양이 이상하다고 느낀 모양이었다. 행색도 조금 달라 보일 것이다. 그는 중국에서 왔다고 말해 주며 위안화 두 장을 꺼내 아이의 손에 쥐여 주었다.

"이거 줄 테니까 먹을 거 있으면 좀 줄 수 있니?"

아이는 돈을 받더니 깜짝 놀라 천을 쳐다보았다.

"방에서 좀 쉬게 해주면 고맙겠는데. 아저씨가 몸이 좀 아프거든."

아이는 고개를 끄덕이며 그를 방으로 데리고 들어갔다.

막상 방에 들어가서 마주 앉자 아이는 낯을 가렸다. 고개를 외로 꼬고 그의 눈을 바로 쳐다보지 못했다. 엉덩이를 문 쪽으로 빼고 언제든 도망갈 자세로 앉아 있었다. 엉겁결에 위안화를 받아 들고 그를 방에 들이기는 했어도 지금의 상황이 혼란스러운 모양이었다.

"돈 잘 챙겨."

아이는 그제야 손에 들고 있던 위안화를 주머니에 넣었다. 방은 냉골이었고 좁고 퀴퀴한 냄새가 났다. 방 안의 한기에 몸을 떨자 아이는 꾸덕꾸덕 때 묻은 이불을 내밀며 덮어쓰라고 했다. 아이가 시키는 대로 하자 한결 한기가 가셨다.

"이름이 뭐니?"

"리수, 박리수."

리수는 납작한 얼굴에 약간 찢어진 긴 눈이 인상적이었다. 유독 빛나는 새까만 눈동자에 산골 아이의 순수함이 고스란히 담겨 있었다.

"먹을 거 가져오꾸마."

리수는 나가더니 삶은 옥수수 두 개와 물을 들고 들어왔다. 그것들을 허겁지겁 먹어치우자 리수가 웃었다.

"엄마 아버지는 어디 가셨니?"

"아버지는 돌아가셨구마. 엄만 두 달 전에 없어졌지비."

"어디로 간지 몰라?"

"수호 형이 중국으로 갔을 거라 했구마. 이건 아무한테도 말하면 안 되구마. 그런데 아저씬 중국에서 왔지비?"

천은 고개를 끄덕였다. 리수는 천과 몇 마디 나누더니 낯설음이 가신 듯 얼굴이 펴졌다.

"아저씬 아내를 찾으러 왔어. 매일 고향에 돌아가고 싶다고 했거든. 아내를 찾으면 다시 중국으로 돌아가야지."

천은 주머니에서 정화의 주소가 적힌 종이를 꺼내 보여주었다.

리수는 고개를 갸웃했다.

"수호 형이 오면 물어봐 주꾸마."

"수호 형이 언제 오는데?"

"조금 있으면 올 거임둥. 어제 안 왔으니."

어른들이 집에 없다는 말에 안도하며 수호 형이 올 때까지만 숨겨달라고 부탁했다. 리수는 좋다고 허락한 뒤 자주 방문을 열고 밖을 살폈다.

"그런데 넌 학교엔 안 가니?"

"엄마 올 때까진 안 갈 거구마. 학교에 가면 선생님이 엄마 왔냐고 물어서 가기 싫지비. 선생님이 나 찾으러 몇 번 왔지만 그때마다 뒷산으로 도망가서 숨어 있다가 내려왔슴메."

리수는 두 개 빠진 앞니를 드러내며 천진하게 웃었다.

* * *

　천은 이불을 덮어쓰고 수호가 오기를 기다리고 리수는 한나절 내내 엎드려서 자작나무 껍질에 그림을 그렸다. 그림을 그리는 동안에도 리수는 그에게 많은 이야기를 해주었다.
　"우리 아버지도 안 죽고 중국에 있을지 모르지비. 수호 형도 우리 엄마가 중국으로 간 것은 아버지를 찾아간 거일지 모른다고 했지비."
　천은 리수의 말에 연신 고개를 끄덕여주었다.
　마음의 준비 없이 느닷없이 헤어진다는 일은 상대를 다시 만나기 전까지는 아물 수 없는 상처였다. 정화를 찾아 여기까지 온 것 역시 느닷없이 사라진 것을 이해할 수 없기 때문이었다. 정화를 만나면 반드시 묻고 싶은 말이 있었다. 왜 아무런 말도 없이 떠났는지, 남한에서 정착하는 것이 그렇게 어려웠는지, 정화가 늘 말하던 대로 단지 고향이 그리워서 떠난 것인지, 정말 고향으로 돌아간 것인지.
　"그런데 아저씬 중국에 가봤슴메?"
　리수는 자꾸 중국에 대해 물었다.
　"가봤지."
　"중국은 무지 크지비?"

"그럼. 아주 크지. 넓고."

"내가 중국 가면 엄마 아버지 찾을 수 있슴메?"

"글쎄. 중국에서 부모님 못 찾으면 서로 엇갈려서 영영 못 만나게 될 수도 있겠지."

그가 말했다. 리수는 그의 대꾸에 갑자기 말이 없어졌다.

방 한쪽 구석에는 그동안 리수가 그린 그림들이 수북했다. 자작나무는 기름기가 많아서 천마총의 그림도 자작나무 껍질에 그려져서 보관되었다는 말을 들은 기억이 났다.

리수는 그가 그림을 들여다보는 것을 쑥스러워하면서도 계속 그림을 그렸다.

리수의 손놀림은 섬세하고도 빨랐다. 호랑이 등 면의 불규칙한 가로무늬와 앞다리와 발가락을 그리더니 호랑이의 주둥이와 눈과 뺨 밑의 검은 점도 그려 넣었다. 머리와 등 면 후반부와 복부와 뒷다리의 갈색 반점까지 뚜렷하게 그렸다. 이윽고 호랑이 한 마리가 하얀 자작나무 껍질 위에 탄생했다.

"누구한테 배웠어?"

"아버지가 늘 그렸구마. 아버진 주로 흙바닥에다 그렸슴메. 나뭇가지 하나 집어 들고 호랑이를 잔뜩 그려놓고는 발로 슥슥 문질러 지웠지비. 난 그렇게 그림이 지워지는 게 싫어서 울었구마. 그러면 아버진 꿀밤을 때리고 웃었슴메. 아버지가 떠난 뒤부턴 나도 아버지가 하던 대로 호랑이를 그리지비. 땅에도 그리고 자작나무에도 그리고, 심심할 때마다 호랑이를 그리지비."

"그렇구나."

"아버지가 어렸을 때는 자작나무 숲에 백두산 호랑이가 어슬렁거리고 다니는 걸 본 적이 있었다 했구마. 그때 기억이 나서 호랑이를 그린다고 했지비."

리수는 할아버지가 숲속에서 마주친 호랑이를 잡으려다가 되레 호랑이 때문에 피투성이가 되어 돌아가셨다는 말도 했다. 아버지가 할아버지 이야기를 하면서 흙바닥에 나무 꼬챙이로 몇 마리나 되는 호랑이를 그리고 지우던 것을 보면서 리수는 자랐다고 했다.

"아버지가 그리울 때면 자작나무 숲으로 가서 아버지를 소리 내어 불렀지비. 배가 고파서 허리가 절로 구부러지고 더 이상 뛸 수 없어질 때까지 숲을 뛰어다니면서 아버지를 부르고 왔지비."

리수는 아버지가 죽지 않았다고 말했다가 사람들에게 야단맞은 적도 많았다고 했다. 그래서 아버지가 죽었다고 말하면 그것도 거짓말이라고 야단을 치더라고 했다.

"실컷 울어야 죽었다고 믿을 수 있을 것 같았슴메. 아버지가 죽었다면서 어떻게 울지도 못하게 하더니 엄마도 아버지처럼 가버려서 정말 미웠지비. 모두 미웠슴메."

"……."

"그런데 어느 날 엄마와 함께 실컷 울어도 괜찮았던 날이 있었구마."

"그래? 언제였어?"

리수는 그날의 일을 자세히 들려주었다.

* * *

그날 엄마는 리수에게 밥을 실컷 먹게 해주었다. 리수가 먹고 남긴 것은 주먹밥을 만들어서 도시락에 담았고 물을 두 통 챙겼다. 다락에 있던 커다란 가방을 꺼내 옷과 양말과 목도리를 챙겨 넣었다. 미숫가루와 쌀을 비닐에 넣어 챙겼고 리수에게 따뜻한 옷을 몇 겹으로 입혔다. 그리고 엄마는 날이 어두워지면 아버지를 만나러 가기 위해 두만강을 건널 거라고 말해 주었다.

리수는 어두워지기를 기다리며 자주 바깥을 살피고 있었다.

그런데 대문 밖이 어수선했다. 평소와 달리 사람들이 문밖에서 떠드는 소리가 방에까지 들렸다. 엄마의 얼굴이 하얗게 질렸다. 우리가 도망친다는 것을 누군가 알고 신고한 것인가. 엄마가 중얼거리며 대문 밖을 내다보라고 했다. 리수는 대문을 열다 말고 얼른 닫았다. 많은 사람이 몰려오고 있다고 엄마에게 말했다. 엄마는 놀라서 싸두었던 보따리를 다락 위로 감추었다. 그런 뒤 리수에게 입혔던 겉옷을 벗겼다.

 엄마가 대문을 열었다. 많은 사람이 대문 앞까지 밀려오고 있었다. 그런데 사람들은 울고 있었다. 리수의 집 앞까지 몰려온 사람들은 어디론가 계속 걸어갔다. 목적지가 리수의 집이 아니었다. 엄마는 사람들의 무리 속으로 들어가서 어디로 가는지 물었다. 마을회관으로 간다고 말하면서 사람들은 소리 내어 울거나 연신 손으로 눈물을 닦았다.

 "우리 위대한 영도자 김정일 장군께서 조금 전에 운명하셨구마."
 엄마가 그렇게 리수에게 말하면서 울었다. 아버지가 죽었다는 말에도 울지 않던 엄마가 소리 내어 울었다. 엄마는 사람들의 무리에 끼어서 사람들을 따라가야 한다고 말했다. 리수는 엄마 옆에 붙어서 마을회관까지 따라 걸었다. 사람들이 소리 내어 우는 소리를 들으면서 리수도 소리 내어 울었다. 마음껏 소리 내어 울어도 된다니. 사람들의 입에서는 김정일 장군님, 김정일 장군님이라는 소리가 연신 나왔고 리수는 다만 아버지를 부르며 울며 따라갔다.

 "이제 우리는 어떻게 하라고 이리 갑자기 가십네까. 김정일 장군님!"

 사람들의 무리 속에서 누군가가 외쳤다. 김일성 김정일은 우리의 아버지라 배웠지만 리수가 부르는 아버지는 그 아버지가 아니었다. 그런 리수의 마음을 알 리 없는 사람들은 리수가 아버지를 부르며 우는 것이 기특하다고 머리를 쓰다듬어 주기도 했다.

 "학교는 일주일 휴교 됐소."

 아이들도 학교에서 하나둘씩 마을회관으로 모여들고 있었다. 엄마는 그날 집으로 돌아와서 싸두었던 보따리를 다 풀었다. 김정일 장군님이 죽는 바람에 두만강 국경수비대가 강화되어서 아버지를 만나러 중국에 가는 일은 불가능해졌던 것이다. 그날 김정일 장군이 죽지 않았다면 리수는 엄마와 두만강을 건넜을 것이다. 그랬다면 지금처럼 엄마 혼자 중국으로 가버리는 일은 없었을 터였다.

* * *

 "그런데 여자사람 장사가 뭐임둥?"

 천은 대꾸하기가 난감해서 리수를 쳐다보았다.

 "엄마가 중국에 가서 여자사람 장사한다고 애들이 놀리는구마."

 "그런 말 신경 쓰지 마."

리수가 고개를 끄덕였지만 그의 마음은 편하지 못했다. 중국으로 건너간 탈북 여성들이 흔히 한족과 결혼하거나 술집에 팔려가거나 인신매매당하며 산다는 것을 잘 알고 있었지만 차마 말해 줄 수 없었다.

리수는 책갈피에서 엄마의 사진을 한 장 꺼내어 보여주었다. 작고 말랐지만 리수처럼 눈동자가 검고 반짝이는 여자가 웃고 있었다. 리수도 사진을 들여다보며 환히 웃었다. 자세히 보니 어디선가 봤던 여자 같았다. 천은 예전에 백두산 여행을 갔을 때 중국으로 가기 위해 도망치다가 관광차에 올라탄 탈북 여자를 떠올렸다. 확실하지는 않았지만 비슷해 보였다. 그렇다고 아이에게 여자의 이름이 리미화냐고 묻기도 망설여졌다. 맞든 맞지 않든 그가 리수에게 해줄 수 있는 말은 없었다. 그때 리미화는 관광차에 탄 가이드에게서 밀어 던져지지 않았던가. 그때의 죄책감 탓에 탈북 여성만 보면 리미화와 닮았다는 생각을 하곤 했다.

밖에서 인기척이 났다. 누군가 리수를 부르는 소리가 들렸다. 천은 얼른 이불을 뒤집어쓰고 구석으로 숨었다.

"리수야!"

방문이 열리는 소리와 찬바람이 한꺼번에 들어왔다.

"어, 동현이 왜?"

"수호 형이 국경수비대에게 잡혀갔지비."

"뭐?"

"수호 형이 중국으로 보내는 물건을 자루에 담아서 두만강에 밀어 보냈는데 그게 잘못 떠내려갔지비. 보내려는 곳으로 안 가고 엉뚱한 곳으로 흘러갔다는구마. 수호 형이 그 보따리를 건지려고 강물에 뛰어들었지비. 자루는 이미 중국 공안이 가져가버렸는데. 수호 형은 그것도 모르고 국경을 넘어가는 바람에 잡혀갔다 하구마."

"그럼 수호 형은 어떻게 되는 거지비?"

"몰라. 수호 형도 큰일이지만 우리 엄마도 지금 큰일이구마. 오늘 보위원이 우리 엄마 찾아와서 그랬심둥. 리수 엄마 간 데를 대라고. 사람들이 리수 엄마 간 데를 우리 엄마가 알고 있다고 생활총화에서 찔렀다지. 아무리 모른다 해도 믿지를 않았지비. 내일 또 와서 조사한다고 했심둥."

"그래?"

"보위원이 가고 나니까 우리 엄마가 나한테 말해 줬지비. 리수 엄마가 브로커를 잘못 만나서 지금 이상한 데 팔려갔다고, 중국에 외화벌이 갔던 사람이 네 엄마를 중국에서 봤다고, 그래서 그 사람이 떠드는 바람에 소문이 퍼졌다고 했지비."

리수는 동현의 말에 기가 죽은 듯 한동안 조용했다.

"그래도 중국 갈 때 나도 데려가 달라고 해. 약속했지비?"
이윽고 리수가 말했다.
"엄마가 리수 데리고 같이 가다가는 우리도 못 간다고 했슴메."
동현이 말했다.
"나도 꼭 데려가겠다고 옛날부터 약속했슴메. 꼭 기억하라우."
리수가 다시 다짐했지만 동현은 대답하지 않고 문을 닫았다. 마당을 후다닥 뛰어가는 소리와 대문이 쾅 닫히는 소리가 방 안에까지 들려왔다.

* * *

리수는 웅크리고 앉아 있다가 다락에서 가방을 꺼냈다. 그 가방에 옷을 챙겨 넣었다. 양말과 목도리도 넣었다. 엄마의 사진도 넣었다. 미숫가루 남은 것과 쌀도 챙겨서 넣었다. 동현이네가 이번 주에 떠나기로 했다는 비밀을 말해 주었다. 수호 형이 잡혀갔고 보위부가 들락거리니 동현이네가 서둘러 두만강을 넘어갈 것 같다고 걱정했다.
천은 리수에게 하고 싶은 말은 많았다. 하지만 리수에게 한마디도 할 수 없었다. 두만강을 무사히 건넌다고 해서 중국에 있는 부모를 만날 가능성은 제로에 가깝다고, 중국에서 성장하는 동안 꽃제비처럼 떠돌거나 어느 중국음식점에서 심부름하는 아이로 살거나 건축공사장에 가서 벽돌을 나르며 살지도 모른다고, 운이 좋다면 그곳의 조선족이 탈북자 교회에 데리고 가서 교육을 받도록 주선할 수도 있겠지만 그 역시 안전이 보장된 것은 아니며 언제든 북송될 위험에 놓여 있는 삶이라고.

천은 정화를 찾기 위해 남한에서 중국으로 건너와서 지내는 동안 중국에서 살고 있는 많은 탈북자를 만났다. 그들이 사는 모습을 보면서 절망한 적이 한두 번이 아니었다. 그런 현실을 앞에 두고도 탈북자들은 실낱같은 희망을 찾아 북한에서 두만강을 넘어 중국으로 올 수밖에 없었다고 했다.

리수는 짐을 다 챙기자 곧장 동현이 집에 가서 두만강을 건널 때 꼭 데리고 가달라고 말하고 오겠다면서 나갔다.

천은 리수가 돌아오기만을 기다렸다. 한참 뒤에 돌아온 리수는 울고 있었다.

"왜?"

"동현네 집이 텅 비었구마."

"뭐? 벌써?"

"댓돌 위에는 신발이 그대로 있는데 방에는 아무도 없었지비. 동현이가 신던 밤색 운동화도 없고. 다른 방문을 열어봤더니 짐을 다 챙겨 갔구마. 아무도 없었지비. 아까 동현이가 왔을 때 그때 작별인사하러 왔던 거구마."

"……."

"나 데려가겠다고 그렇게 약속해 놓고는. 나를 버리고 자기 가족만 갔구마."

천은 리수의 손을 꼭 잡아주었다. 리수는 웅크리고 누워서 훌쩍거리더니 잠이 들었다. 리수는 잠결에 손을 허우적거리며 소리를 질러댔다. 흔들어 깨워도 알아들을 수 없는 소리를 질러댔다. 가위눌린 것 같은데 쉽게 깨어나지 못했다. 정신 차리라고 한참을 흔들어 깨운 뒤에야 리수는 눈을 떴다. 손발이 차가웠고 얼굴은 더 창백해졌다.

"강을 건넜구마. 그런데 아무리 허우적거려도 계속 그 자리였지비."

"꿈이잖아. 괜찮아. 이제."

"중국 공안이 나를 잡았지비. 강 건너에서 엄마가 손짓하고 부르는데 내가 아무리 버둥거려도 놓아주지 않았구마. 소리치고 싶은데 소리가 안 터져서 얼마나 속이 타던지."

천은 답답해서 방문을 열었다. 초승달이 이울고 있었고 주먹만

한 별이 속절없이 반짝였다.

* * *

리수를 다독이느라 피곤했던지 천은 깜박 잠이 들고 말았다. 눈을 떠보니 옆에 있어야 할 리수가 보이지 않았다. 여명이 트지 않아 컴컴한 시각이었다.

'또 동현이네 갔나?'

리수가 싸던 가방을 찾아보았다. 보이지 않았다. 그렇다면 리수는 혼자 두만강으로 건너기로 작정했단 말인가. 천은 벽에 기대어 눈을 감았다. 그때 조용히 방문이 열리더니 낯선 청년이 들어왔다.

"누구임둥?"

청년이 물었다.

"옆집에 다니러 온 손님이오."

"옆집? 박 동지 집?"

천은 무작정 고개를 끄덕였다.

"리수 데리러 왔는데 어디 갔는지 알고 있슴메?"

"가방을 챙겨 들고 간 거로 봐선 두만강으로 간 거 같은데."

"리수가 혼자 두만강에 갔슴메?"

청년이 진의를 파악하려는 듯 다시 물었다. 청년이 누군지 모르니 그도 더 이상 함부로 말할 수 없었다.

"리수 엄마가 데려오라 했는데. 혹시 리수 다시 들어오면 꼼짝 말고 있으라고 해주꾸마."

천은 고개를 끄덕였다. 청년은 황급히 뛰어나갔다.

리수가 돌아오기를 기다리는 동안 정화가 하던 말이 떠올랐다. 국경 지역 주민들은 워낙 실종자가 많으니까요. 일일이 실종자를 보고하지 않아요. 그러면 또 문책당하니까. 적당히 둘러대죠. 어디 갔는데 아직 안 오고 있다고. 죽었는지 살았는지 모르겠다고. 남은 식구가 있으면 보안원에게 돈을 좀 주고 봐달라고 하지만 가족이 아무도 안 남은 집은 식구가 다들 어디로 갔는지 이웃도 알 수가 없지요. 언제부턴가 우리도 이런 일이 일어나면, 그저 또 강 건너갔나 보다, 하고 말아요. 그냥 모른 척해요. 왜 남의 일에 끼어들겠어요? 그런다고 그 사람들을 위해 뭘 해줄 수 있기나 해요? 탈북자들은 이웃의 실종에 대해 그렇게 담담해졌다는 것이다.

이렇게 길들여지면 이런 식으로 사는 일이 너무도 당연하게 받아들여질 것 같았다. 날이 새면 서둘러 직장이 배치된 곳으로 달려가고 해가 지면 서둘러 배를 채우고 일찍 소등해야 하는 산촌 사람들의 하루가 계속되는 것이다.

＊　＊　＊

　희부연 새벽빛이 창문을 들여다보고 있었다. 다시 문이 열렸다. 조금 전에 리수를 찾아 나갔던 바로 그 청년이었다.

　"리수가⋯⋯."

　"리수가?"

　영문을 몰라서 청년의 입만 바라보았다.

　"리수가 국경수비대가 쏜 총에 맞아서 떠내려갔구마. 두만강 건너다가 총에 맞았단 말임둥. 혼자 나섰다가 기어이⋯⋯. 서두르지 말았어야 하는데. 아이인 줄 알았으면 총 안 쐈을 텐데."

　천은 청년이 하는 말을 한마디도 실감할 수 없었다. 조금 전까지만 해도 자작나무 껍질에 백두산 호랑이를 그리던 리수가 총에 맞았다니. 어디론가 휩쓸려갔다니. 천은 멍청해져서 청년의 입만 바라보았다.

　"옆집에 온 손님이라고 했지비?"

　그는 고개를 끄덕였다.

　"그렇다면 집에 돌아가면 박 동지에게 내 말을 전해 주꾸마."

　그는 박 동지가 누군지 알 리 없었지만 모른다고 고백할 수는 없었다.

"날이 새기 전에 수철이가 중국으로 떠났다고 해주라우. 여긴 다시 안 올 거라고도 말해 주라우. 리수가 총 맞아 두만강에 휩쓸렸단 말도. 박 동지에게 이 말을 전해 줘야 하는데 박 동지 집에 보위부가 들어가는 걸 봐서 그 집으로 지금 들어갈 수가 없구마. 그래서 다시 여기로 온 거지비. 이런 말을 박 동지에게 전해 주고 다른 사람에겐 오늘 있었던 일 아무것도 말하면 안 되구마. 내가 한 말도."

그렇게 말한 뒤 청년은 문밖으로 나가려고 했다.

"사실은 나도 곧바로 여길 떠나야 돼요."

"……."

"급히 찾아야 할 사람이 있어서 중국에서 들어왔어요. 그래서 박 동지에게 그 말을 전해 줄 수가 없어요."

솔직히 말할 수밖에 없었다. 청년이 이곳에서 아주 떠난다는데, 청년이 박 동지에게 마지막으로 전해 달라는 말을 전할 수 없다는 사실을 고백할 수밖에 없었다. 그래야 청년은 남겨진 사람에게 자신의 거취를 알릴 수 있을 터였다. 리수의 엄마나 아버지처럼, 정화처럼, 아무 말 없이 사라지는 사람이 되지 않도록 하려면 천이 솔직하게 고백하는 수밖에 없었다.

"그럼 당신은 누구지비?"

청년의 눈이 매서워졌다.

"나는, 중국에서 온, 그렇지만 당신하고는 아무런 상관이 없고, 그저 내 아내를 찾으러 온 것이니, 당신에겐 아무런 피해를 안 줄 거니까 아무 염려 마시고."

천은 횡설수설 더듬거렸다. 그가 했던 말이 거짓말임을 다 밝혀 버렸지만 이미 엎질러진 물이었다. 그는 청년에게 정화의 주소가 적힌 종이를 보여주었다.

"여기 찾아가려면 어떻게 가는지 아시오?"

그도 서둘러 떠나야 했다.

"누구냐니까. 나를 신고하려고 온 거지비?"

청년의 말에 그는 당황했다. 일이 꼬인 것이 분명했다. 청년은 자신이 도망친다는 말까지 뱉었고 그가 청년을 신고할지 모른다고 불안해하는 것이다.

"여자를 찾으면 이곳에 있을 이유도 없고 누구에게도 이곳 사람들 이야기를 할 이유도 없어요."

"그 거짓말을 나한테 믿으란 거임둥?"

"거짓말이 아니라니까요."

청년은 그가 손에 들고 있던 주소를 뺏었다. 그것을 들여다보더니 갈기갈기 찢었다. 안 된다고 소리쳤지만 이미 주소가 적힌 종이는 청년의 손에서 흰 눈처럼 바닥으로 뿌려졌다.

"이런 동네 여기 없구마. 중국에 나간 여자들이 제대로 된 주소를 주진 않슴메."

그는 어쩔 줄 모르고 청년을 쳐다보았다. 청년은 입꼬리를 올리며 웃더니 주머니에서 난데없이 권총을 꺼내 들었다. 그는 기겁하며 뒤로 물러나 앉았다.

"내가 보위부에 신고 안 할 테니 그 대신 돈 가진 거 있으면 다 내놓지비."

청년은 익숙하고도 능수능란하게 그를 협박했다. 그는 주머니에 든 위안화를 꺼내주었다. 다른 주머니에 약간의 돈이 있었지만 청년에게 준 것이 거의 전부였다. 청년이 그의 주머니를 뒤졌다. 그는 속수무책으로 숨겨둔 위안화를 마저 뺏겼다. 청년은 돈을 챙겨 주머니에 넣더니 들고 있던 총으로 그의 머리를 내리쳤다. 그는 머리를 감싸 쥐며 방바닥에 엎드렸다.

"날래 돌아가라우! 남의 땅에 와서 기웃거리지 말고!"

그는 겁을 먹고 더 납작하게 방바닥에 엎어졌다.

"내가 두만강 다 건널 때까지 넌 죽어 있어야 하는 거지비. 그래야 내가 살지비."

청년은 권총으로 몇 번이나 더 그의 머리를 쳤다.

'리수가 총에 맞다니.'

'정화의 주소가 엉터리라니.'

청년이 어떤 짓을 할지 몰라서 초조했지만 슬픔과 충격 너머에 풀 수 없는 의문이 꿈틀거렸다.

"사실 정화는 내가 아는 여자야. 여기서 멀지 않은 곳에 살았지."

청년이 뜻밖의 말을 했다.

"우리 불쌍한 리수 생각해서 알려주지. 대신 우리 리수가 혹시라도, 살아 있다면, 그때 우리 리수 도와줄 수 있갔어?"

천은 그러겠다고 머리를 조아렸다. 청년은 정화의 집으로 갈 수 있는 길을 알려주었다. 천은 다시 한번 청년에게 머리를 조아렸다.

청년이 황급히 대문 밖으로 뛰어나가는 소리가 들렸다. 그도 일어섰다. 마음이 바빠서 하마터면 문턱에 걸려 넘어질 뻔했다. 그러면서도 리수가 총에 맞다니, 수없이 중얼거리며 있는 힘을 다해 뛰기 시작했다. ◆

두 남자

두 남자

 정화의 집이 가까워질수록 천의 마음은 복잡하다. 무엇보다 정화의 남편에게 자신을 소개할 일이 난감하다. 남한에서 그녀와 일 년 동안 동거했다고 밝혀야 하나. 남석은 어떤 반응을 보일까. 그간의 사정을 들려준다면 공감할까. 공감은커녕 멱살을 잡고 쫓아내지 않을까.
 저물녘 어둠이 천의 복잡한 마음에 내려앉고 가뜩이나 허둥대던 걸음걸이는 정화의 집 앞에 서자 휘청, 한다. 대문을 열고 희미한 불빛이 비치는 방으로 걸어간다. 툇마루 앞 섬돌 위에 남자 슬리퍼와 뒤축이 구겨진 작업화가 가지런히 놓여 있다.
 "계십니까?"
 산 밑에 유독 외따로 떨어진 집이지만 혹시라도 누군가 따라붙었을까, 조심스럽다.

"안에 계십니까?"

인기척이 없어서 천은 툇마루에 앉으며 방문을 두드린다.

"뉘, 뉘기요?"

쉰 목소리가 들리더니 방문이 열린다. 텁수룩한 머리에 각진 얼굴의 마른 사내가 눈을 치뜨며 천을 쏘아본다. 한눈에 봐도 정화가 사진으로 보여줬던, 남석이 분명하다.

"좀 들어가서 말씀……."

"누군데 함부로 들어오겠단 거요?"

천의 말투나 차림에 수상한 낌새를 챈 듯 경계하는 눈치다.

"이정화 씨 남편 맞죠?"

"방금 정화라고 했슴매? 지금 우리 명철 애미 말하는 기요?"

"자세한 건 들어가서 말하겠어요. 보는 눈이 있을까 봐."

당혹스런 표정을 짓던 남석이 툇마루로 나오더니 주위를 살핀다. 일행이 없는 것을 확인한 뒤 비로소 천을 방에 들인다.

방 안에 퀴퀴한 냄새가 진동한다. 방구석에 이불이 커다란 보따리마냥 뒹굴고 수명이 다한 듯 깜박대는 전구 탓에 가뜩이나 어둠침침한 방 안이 더욱 음침하다.

"천강우라고 합니다. 정화를 만나려고 왔습니다."

"정화를 만나러 왔다니 무슨 말이오?"

"어제 중국 화룡시 남평에서 전화 받은 사람이 접니다."

"내 전화를 받던, 그 사람이란 말이오?"

남석이 천의 목소리를 기억한 듯했다.

"맞습니다. 정화에게 전화를 하셨지요. 정화가 그 전화기를 두고 가서 제가 받았던 거고. 저에게 이리로 들어오라고 하지 않았습니까? 위치까지 알려주면서."

"그거야 해본 소리지만. 정말 국경을 넘어왔단 말이오? 국경 수비대를 어떻게 따돌리고?"

"그보다 정화는 어딨습니까? 내가 국경을 넘어온 이야긴 차차 하고요."

"아니, 그쪽이 어떻게 국경을 넘어 여기까지 왔는지, 또, 뉘긴지 똑바로 알아야 나도 정화 이야길 할 거 아니오?"

남석이 재촉했다.

* * *

천은 관광차를 타고 북한 접경지역을 돌던 중이었다. 남석은 전화를 걸어왔다. 전화를 받자 남석은 대뜸 전화 받는 사람이 누구냐고 물었다. 정화를 잘 아는 사람이라고, 정화가 당신에게로 돌아간 다고 했냐고, 천이 물었다. 남석은 무슨 말이냐고 되물었다. 그 뒤에도 몇 차례 더 남석의 전화를 받았다.

그러던 중 관광차는 중국 숭선시의 호이안 관광구로 들어갔다. 정차한 차에서 내린 천은 산비탈을 올라가서 접경지역의 가장자리로 흐르는 두만강과 두만강 너머에 있는 무산을 내려다보았다. 두만강은 강폭이 불과 50미터도 안 되어 보였다. 산비탈 아래로 내달리면 두만강 강변에 이르고 몇 걸음만 떼어도 두만강을 헤엄쳐서 북한에 닿을 수 있을 듯했다.

두 달 전 사라진 정화가 고향 마을인 저곳으로 돌아간 것일까. 천은 정화가 살던 곳을 가까이 보고 싶어서 한 발 두 발 산비탈 앞으로 발을 내딛었다. 그러다가 그만 굴러떨어졌다.

강기슭에 떨어진 뒤 다시 올라갈 길을 찾아 헤매 다니다가 흙바닥이 좁아진 데를 밟는 바람에 두만강에 빠지고 말았다. 허우적대는데 병사들이 뭐라고 고함치는 소리가 들렸다. 정신없이 헤엄쳐서 손에 잡히는 땅을 잡고 위로 올라섰다. 수풀이 무성한 곳에 병사들이 떠드는 소리가 들렸다. 분명 중국 공안의 말이 아니라 북한 말이었다. 불시착한 곳은 북한의 국경수비대가 경비를 서고 있는 북한 땅이었다. 천은 놀란 가슴을 진정시키며 수풀에 숨어서 북한군 국경수비대가 오가는 것을 훔쳐보았다.

얼마나 지났을까. 한 병사가 손짓을 하자 여자 하나가 재빨리 중국 쪽으로 도강했다. 국경을 지켜야 할 국경수비대가 도리어 국경을 넘게 해주다니. 믿기 어려운 놀라운 장면이었다. 천은 숨죽이며 그들을 지켜봤지만 마른 나뭇가지를 밟는 바람에 병사들에게 생포되고 말았다.

북한 병사들은 여자를 도강시켜 준 것을 목격한 천을 처리할 방법을 두고 고심했다. 천을 소대에 넘길 수도 없고 중국으로 돌려보낼 수도 없어서 두 병사 간에 설전이 오갔다. 두 병사가 떠드는 말로 미루어보면 키 큰 병사가 애인인 여자를 도강시켜 준 것이고 안경 쓴 병사가 그를 도와준 듯했다.

천은 절대로 발설하지 않겠으니 돌려보내 달라고 무릎 꿇고 빌었다. 자신이 이곳까지 온 경위를 설명했고 정화 이야기도 했다. 그야말로 살기 위해 할 수 있는 모든 말을 쏟아냈다. 키 큰 병사는 신음처럼, 여자를 찾아서 여기까지 왔슴메? 라고 몇 번이나 물었다. 키 큰 병사는 고심에 찬 눈길로 여자가 건너간 중국 쪽 강 건너편을 한동안 바라보았다. 천의 어떤 이야기가 키 큰 병사의 마음을 움직였는지 알 수 없지만 최소한 그를 죽여서 강에 처넣겠다는 협박은 더는 하지 않았다.

한참 뒤 안경 쓴 병사는 천의 말이 사실인지 확인하겠다면서 정화의 집 주소를 대보라고 했다. 주소를 말해 주자 이곳에서 뛰어가면 한 시간이면 닿을 수 있는 가까운 곳이라고 두 병사가 이야기를 주고받았다. 평소에 정화가 말하던 것과 크게 다르지 않았다. 정화도 틈만 나면 자신의 집이 어디쯤 있었는지 그림으로 그릴 수 있을 정도로 자주 말해 주곤 했다. 집 이야기를 하는 것이 마치 그녀가 그 집에 가볼 수 있는 유일한 길이라도 되는 듯했다.

키 큰 병사와 안경 쓴 병사가 천의 처리 문제를 두고 옥신각신했다. 의견이 일치되지 않자 키 큰 병사는 일이 꼬일 대로 꼬였으니 이참에 강을 건너 애인을 따라가겠다고 했다. 안경 쓴 병사가 그를 붙잡을 사이도 없이 키 큰 병사는 강에 뛰어들었다. 순식간에 벌어진 일이었다. 안경 쓴 병사도 강에 뛰어들어서 두 병사는 그야말로 엎치락뒤치락 난리가 났다.

그들이 물에서 쫓고 쫓기면서 한바탕 소동을 벌이는 사이 천은 도망칠 수밖에 없었다. 잡히지 않고 살아남기 위해 언덕을 오르고 내리막을 내달리고 산길을 걸었다. 인가 부근을 헤매다가 한 토담에 숨어 들어갔다. 그곳에서 리수라는 아이를 만났는데, 리수는 정화의 아들인 명철이네가 가까운 이웃이라고 했다. 리수가 알려준 대로 천은 정화의 집에 찾아온 것이다.

* * *

남석은 천이 들려준 이야기를 어디부터 어디까지 믿어야 할지 어리둥절하단 표정을 지었다. 거의 믿지 않는 눈치였지만 더 이상 캐묻지는 않았다. 중요한 것은 천이 왜 여기에 왔느냐는 것일 터였다.

"내 안까이는 어떻게 알게 됐슴메?"

남석은 불쾌한 감정을 억지로 삭인 듯 가라앉은 목소리로 물었다.

천은 자신이 소설가이며, 북한의 인권문제에 관심이 많은 목사님이 탈북자의 정착을 위해 도와달라면서 정화를 소개해 주었다고 말했다.

처음 정화를 만났던 날, 정화는 유독 짧게 자른 헤어스타일에 얼굴은 푸르스름해 보일 정도로 창백했다. 눈이 마주치면 무엇에 찔린 듯 놀라서 고개를 숙이는 이상 반응이 특별하게 그의 관심을 끌었다.

"정화는 중국 사업가의 도움을 받아서 남한으로 넘어왔다고 했어요. 과거를 캐지 말아 달라고 하니까 자세한 건 묻지 못했죠. 북한에서 대학을 다녔단 말은 들은 것 같은데 그것도 확인할 수 없으니……."

"맞소. 대학을 다녔소. 성분도 좋았고 집안도 좋았소. 나 때문에 여기까지 흘러들어온 거구마."

남석이 정화를 변호하듯 말했다.

"브로커 사서 아들 데려오겠다고 간신히 모은 돈을 사기당해서 다 날렸대요. 그날 어찌나 울던지. 가진 것도 없이 거리에 나앉게 되어서 제가 사는 아파트의 방 한 칸을 내줬어요. 정화는 한 푼이라도 아껴서 아들을 데려올 돈을 다시 마련하겠다고 했고. 주변 사람들이 탈북한 여자를 어떻게 믿고 한집에서 사냐고 난리였지만, 그런 말을 쉽게 뱉는 사람들하고 참 많이도 싸우면서 버텼어요. 그랬는데 정화가 감쪽같이 사라졌어요. 한마디 말도 없이. 자기가 쓰던 핸드폰 하나만 남겨두고."

남석은 천의 말에 놀란 듯 듣기만 했다.

천은 그 뒤 정화를 찾아 나섰지만 소용없었다.

정화가 사라진 뒤 아들을 만나기 위해 북한으로 돌아갔을지 모른다는 생각을 수없이 했다. 브로커를 사는 일이 어려워져서 아들을 데려오는 일이 점점 어려워진다고 절망하던 것도 떠오르고, 아이가 많이 아프다는 남편의 전화를 받은 날은 펑펑 울기도 했다.

정화와 지낸 이야기를 하는 동안 남석은 잔기침을 쏟아냈다. 시커멓게 보이는 얼굴색처럼 건강이 안 좋아 보였다. 그는 얼굴을 자주 일그러뜨렸으나 천의 말을 단 하나도 놓치지 않겠다는 듯 집중

했다. 얼마나 정화의 소식을 애타게 기다려왔는지 알 듯했다.

천이 이야기를 마치자 남석은 험한 산등성이를 넘어온 사람처럼 어깨를 늘어뜨리고 가뜩이나 굽었던 등을 더 구부정하게 구부렸다.

"그쯤 해둡시다. 내가 안 봤으니 확인할 수 없는 이야기 아니오."

그가 어물쩍하게 천의 이야기를 부정하고 싶어 했다.

"내겐 형이 하나 있구마. 내 형이 당에서 음모에 휘말려서 나까지 여기로 추방당해 살았고. 그때 당한 기억이 나서 천 선생을 못 믿어 이러는 거요. 하긴 손톱 다 빠진 호랑이가 된 나를 당에서 다시 건드릴 이유는 없을 테니."

천은 주머니에서 정화가 두고 간 핸드폰을 꺼냈다. 비록 강을 건너느라 물에 빠져서 먹통이 되었지만 핸드폰의 케이스 뒷면에 붙인 명철이 사진은 그대로였다. 사진 아래에 명철의 생일과 이름까지 선명하게 적혀 있었다.

"이거면 믿겠어요?"

남석은 정화의 핸드폰을 두 손으로 어루만졌다. 지푸라기라도 잡은 사람처럼 정화가 남긴 핸드폰을 이리저리 살폈다.

"이 핸드폰을 정화가 두고 갔다면, 이제 난 정화와 어떻게 통화할 수 있단 말이오."

남석은 점점 울화통이 치민 듯했다.

"저 역시 마찬가집니다. 정화가 핸드폰을 두고 갔으니 연락할 길이 없어요. 그래서 이렇게 들고 다닙니다. 아마 이걸 두고 간 건 다신 연락하지 않겠단 말이겠지만. 우리 두 사람 모두에게."

"우리 두 사람?"

"……."

"남의 여자를 마치 제 식구라도 되는 것처럼 말하오? 그게 내 앞에서 할 말이오?"

남자의 입 주위가 부르르 떨린다. 그녀를 사랑한 일은 죄가 되지 않지만 그녀의 남편 앞에서는 삼가야 할 말이었다.

남석은 고개를 저으며 핸드폰을 밀어냈다.

"난 한 번도 정화가 나를 떠나서 다른 남자와 같이 살 거라고 생각해 본 적이 없구마."

정화가 나를 아예 떠난 거군요. 라고 말하는 대신 자신이 정화를 여전히, 얼마나 사랑하는지 들려주려고 애썼다.

사실 정화 역시 남석 못지않게 힘든 시간을 보냈다고 말해 주고 싶었다. 정화는 안정적이지 못했다. 오히려 언제든 떠날 준비를 하고 있는 여자 같아서 일 년 동안 위험한 줄타기를 하듯 지냈다. 손톱을 하도 물어뜯어서 손톱 밑의 연분홍색 살점이 다 떨어져나갔

두 남자 151

고 눈 밑에는 늘 기미가 가득했다. 그런 이야기는 남석에게 하지 않았다. 그의 가슴만 쓰리게 할 말이었다.

* * *

"자, 이제 말씀해 주시지요. 정화는 이곳에 돌아왔습니까?"
남석이 고개를 저었다.
"나도 정화의 소식을 못 들은 지 한참 되었구마."
한동안 침묵이 흘렀다. 침묵이 어깨를 무겁게 짓누르고 그 무게 탓에 통증이 느껴졌다. 사실 몸 한 군데도 아프지 않은 곳이 없었다. 정화의 소식을 들을 수 있을지 모른다는 일말의 기대마저 사라진 허탈감 탓인지도 몰랐다.
"아이가 아프다고 했잖습니까? 아이는 어디 갔습니까?"
천이 화제를 돌려 묻는다.
"아이는 죽었소."
"네? 아이가 많이 아프다고 하더니, 죽었다니요?"
"아이는 폐렴으로 저세상으로 간 지 꽤 됐구마. 정화가 떠난 뒤 제정신이 아닌 놈처럼 지내는 사이 기침을 심하게 하더니, 그 지경이 될 줄은 몰랐소."

"그런데 왜 정화한테는 말하지 않았어요?"

"정화한테 사실대로 말하면 다신 날 안 보려 할 거요. 아들이 아프다고 해야 간신히 아이의 안부를 묻는 연락이 오고, 혹시라도 아픈 아일 보겠다고 돌아오지 않을까 했소."

"어떻게 그런······. 그런데 왜 소식을 끊은 걸까요?"

"눈치를 챈 것 같소. 아니면 이곳에서 넘어간 누군가가 아들이 죽었다는 말을 전한 건지도 모르오. 아이가 죽었다는 걸 알았다면 내게 절대 전화하지 않을 여자요. 내게 같이 넘어가자고 그렇게 졸랐는데, 내가 끝까지 가지 않겠다고 우겨서······. 아들이라도 딸려 보냈어야 했는데."

남자가 말을 잇지 못한 채 허공을 올려다본다.

"그렇다고 이대로 정화를 포기할 수는 없소. 중국에서 돈 벌고 있는 줄 알았는데, 남조선으로 내려갔단 걸 한참 지난 뒤에야 전화 받고 알았소. 내가 평양서 살다가 혜산으로 배치받고 또 혜산에서도 쫓겨나서 여기 무산의 탄광까지 쫓겨오니까 견디지 못한 거요. 나중에는 이런 생각이 들었소. 자신을 구렁텅이로 빠뜨린 당을 용서할 수 없어서 이 땅을 떠난 것인지도 모른다고 말이오. 내 형이 저지른 일을 가지고 당이 우리에게 가혹하고 부당한 대우를 한다는 걸 가장 못 견뎌 했소."

"……."

"정화는 그림을 아주 잘 그렸구마. 평생 그림만 그리고 살고 싶어 했을 정도로. 그림만 그릴 수 있다면 뭐든 할 거라고, 그렇게 말하던 여자가, 그림은커녕 탄광촌으로 내몰려서 허덕이며 살아야 했으니."

"정화가 그림을 그렸다는 건 처음 듣는 소립니다만."

정화와 동거하던 때 느꼈던 것처럼 정화의 실체는 남석의 증언으로도 오리무중이었다.

"정화는 나와는 아주 어릴 때부터 싸리말 친구로 연애하고 결혼했소. 우린 피붙이같이 서로를 아끼던 부부였소."

남석의 말과는 달리 정화는, 폭력을 쓰는 무능한 남편이 싫었고, 돈을 벌려고 중국으로 도망쳐서 사업가를 만났다고 했다. 그 사업가와 어떤 관계였는지 천은 묻지 않고 과거의 일로 묻고 지냈다. 그녀의 꿈도 단순했다. 브로커를 통해 아이를 남한에 데려와서 직접 키우고 싶다고 했다. 하지만 생각해 볼수록 정화에 대해 아는 것이 있나 싶었다. 정화는 술을 마신 날이면 더욱 알 수 없는 말을 했다.

"술을 마시면 나도 모르게 그쪽에서 부르던 노래가 저절로 나와요. 그 노랠 부르다 보면 꼭 눈물이 나요. 마치 오래전에 돌아가신 할아버지를 그리워하듯 김일성도 떠오르고 김정일 생각도 나고요.

참 이상한 게, 그러면서도 부모를 생각하는 심정이 된다니까요. 다시는 보지 않겠다고 하면서도 그래도 내 부모라는 생각을 버리지 못하는 자식의 심정. 어처구니없지만 노래를 부르다 보면 꼭 그런 감상에 젖어요."

그런 말을 들을 때면 정화에게 거리감을 느끼곤 했다. 그가 믿는 하나님이 정화에겐 수령님과 동일하다는 것을 알아챘을 때의 도무지 좁힐 수 없는 거리감과 같았다. 그녀에게 세뇌된 것을 어느 것부터 건드려서 변화를 이끌어내어 공감하고 소통할 수 있을지 막막했다.

그럴 때마다 그는 정화에게 말했다. 차라리 하나님을 믿어. 하나님은 널 탄광으로 보내거나 수용소에 보내거나 심지어 인민재판을 하겠다고 협박하지 않잖아. 그의 말에 정화는 단호히 고개를 저었다. 이제 더는 누군가를 믿는 일은 어려울 것 같다고 했다. 나 자신만 믿을 겁니다. 그리고 내가 하고 싶은 대로 할 겁니다. 그러기 위해 여기까지 온 거니까, 라던 그녀의 목소리가 떠올랐다.

"하루에도 수십 번씩 생각했구마. 그때 왜 정화와 같이 못 떠났을까 하고."

남석이 풀죽은 목소리로 중얼거렸다.

"왜 그랬습니까? 정화가 목숨을 걸고 아들까지 두고 떠나자는 마당에."

남석은 한숨을 쉬며 벽에 기대앉았다.

"김정일은 김일성을 인민의 어버이로 적극 추켜세웠소."

이 상황에서 왜 갑자기 김정일 김일성 이름을 들먹이는 것인가. 어리둥절해서 그를 쳐다본다.

"그래서 태양절이니 주체년호니 하는 것들을 만든 거요. 그럴 때면 아리랑 공연을 해요. 그 공연을 보고 있으면 수령과 우리 인민이 함께 거대한 사회주의 가정을 이룬 것처럼 보입니다. 그런데 말이오. 여기선 가족이 가치를 인정받지 못하오."

무슨 말을 하고 싶은 것일까.

"우린 늘 가족보다 더 소중한 게 있다고 배웠던 거요. 내 변명 같지만, 그래서 난 여길 떠나지 못한 거요. 정화가 혼자 사지로 간다고 해도 그냥 바라만 봤던 거요."

그제야 그가 하고 싶은 말을 어렴풋이 알 수 있었다.

"생각해 보오. 우리 남잔, 십 년 군대 생활이 일생을 좌우하오. 십 년 동안 가족과 헤어져 사는 거요. 의도적으로 당에서 가족을 해체했단 걸 잘 몰랐소. 김정일이 가장 싫어한 게 지방주의였는데 그 이유가 뭔지 아오? 지방이 뭉치면 반정부 세력이 자라는 온상이 된단 거요. 가족주의도 지방주의와 마찬가지고. 잘나가는 당 간부는 우리 형처럼 쇾아내듯 추방이니 하방이니 해서 분산시키고 그 가족 역시 뿔뿔이 흩어지게 해체시킨 거요."

남석의 말 중에서 가족이란 말이 유독 귀에 아프게 꽂혔다. 그는 가족을 잃고서야 가족에 대해 진지하게 생각하게 된 모양이었다.

"가족이 소중한 걸 미리 알았다면 좋았을 텐데. 이렇게 엉망이 되지 않았을 텐데. 얼마나 후회했는지 모르오. 저 벽에 붙은 걸 보시오. 난 저걸 떼고 내 가족사진을 붙여야 했던 거요."

천은 남석이 가리킨 방문 맞은편 벽을 보았다. 벽에 붙여진 종이에는 '당의 유일적 령도체계 확립의 10대 원칙'이란 큰 제목 아래로 10대 원칙이 작은 글씨로 빼곡히 적혀 있었다.

* * *

"계시오? 남석 동무 있소?"

바깥에서 남석을 부르며 문을 두드린다. 남석은 문틈으로 바깥 상황을 살폈다.

"보안원이오. 절대 밖으로 나오지 마오."

천에게 주의를 준 뒤 남석이 나갔다.

"내가 한 짓이 아니란 말이오!"

두 남자 157

궁지에 몰린 듯 남석이 변명하는 소리가 들렸다.

"내가 그걸 훔쳐다가 팔았슴메? 그럼 돈이 있어야 할 것 아니오? 우리 집 다 뒤져봐도 돈 한 푼 없을 거요. 먹고 죽을 돈도 없구마."

"분주소 가서 말하오. 난 동무를 잡아들이란 명령을 받았구마."

"알았소. 지금 어지러워서 쓰러져 죽을 지경이구마. 한숨 자고 내일 아침 일찍 조사받으러 내 발로 갈 테니 그때까지만 봐달라 하오."

두 사람이 한동안 옥신각신하는 소리가 들린다.

"내일 아침 아홉 시까지 안 오면 끝장날 줄 아오."

이윽고 소란스럽던 바깥이 조용해진다. 보안원과 남석이 모두 대문을 나선 듯 조용하다.

남석은 기다려도 좀처럼 방으로 들어오지 않는다. 남석을 마냥 기다릴 수도 없고 밤이 되기 전에 국경으로 돌아갈 수도 없어서 천은 그야말로 좌불안석이다.

남석이 평양시에서 유능한 기술자여서 여러 개의 건축물을 설계하는 일을 도왔다던 정화의 말을 믿는다면, 남석은 북한의 지식인인 것이다. 그러니 섣부른 일은 저지르지 않을 거라고, 불안한 마음을 다독였다.

정화가 들려준 말에 의하면 남석의 형이 당 간부였다고 했다. 하지만 러시아로 자녀를 유학 보내면서 일이 터졌다. 자녀의 학비를 대기 위해 부정축재를 했다는 의혹이 당에 접수된 것이다. 사실은 자녀를 유학 보내고 싶어도 형편이 안 되어 못 보내는 당원이 시기심으로 모함한 불상사였다고 했다.

그 사실을 알면서도 당에서는 당원에게 불어닥칠 유학 바람을 차단할 목적으로 그의 형뿐만 아니라 일가족 모두에게 지방 추방 명령을 내리고 유학 간 자녀도 러시아에서 불러들였다는 것이다. 불똥이 동생인 남석에게도 튀어 혜산으로 추방당했다가 또다시 무산까지 내려온 모양이었다.

남석이 돌아오지 않고 혼자 숨어 있는 긴 시간 동안 식은땀이 났다. 북한에서 보내는 시간은 아무것도 할 수 없는 주눅 든 시간이며, 하고 싶은 말과 할 수 있는 말 사이에서 허둥대는 강박의 시간이란 생각이 들었다.

* * *

남석은 천천히 어두운 마을을 걷는다. 천강우가 찾아와서 정화에 대해 떠든 이야기를 받아들이기 힘들어서 무작정 걸었다. 그의 말을 단 한마디도 믿고 싶지 않았다. 다만 천강우의 말을 부정하고 싶을 때마다, 어서 정화에게 전화를 걸어봐야지, 확인해 봐야지, 그렇게 자신을 채근했다. 어둠 속을 걷는 남석의 발걸음이 점점 빨라진다. 신호가 잘 잡히고 감청을 당할 염려도 적은 곳을 찾아 어둠을 틈타 수없이 오가던 길이다.

얼마 전부터 정화와 전화 연결이 되지 않고 급기야 천강우가 전화를 받았을 때, 피가 마르는 것 같았다. 아들이 죽지만 않았어도 정화에게 이게 뭐냐고 따질 수 있었을 것이다. 지금은 어떤 상황이든 정화에게 죄스럽기만 하다. 평생 정화에게 그 사실을 숨기고 살 수는 없는데, 말을 꺼내지도 못했다. 아들이 죽었다는 말을 해야지, 하고 전화를 하다가도, 명철이가 많이 아프니 어서 돌아오란 거짓말을 하고 전화를 끊었다.

정화와 전화 연결조차 되지 않자 애가 탔다. 꿈에서도 국경을 넘어가서 정화를 만났다. 아들을 잘 돌보지 못해 죽게 만들어서 미안하다고, 용서해 달라고 빌다가 꿈에서 깬 적도 많았다.

한편으로 생각하면, 천강우가 정화와 일 년 동안 동거했다는 사실이 차라리 잘된 일일 수도 있다. 가슴은 쓰려도 정화가 그렇게라도 행복한 시간을 보냈다면 덜 미안한 마음이 들었다.

그러면서도 마지막으로 한 번만 더 정화에게 전화를 걸어보기로 했다. 천강우가 가져온 핸드폰 케이스에 부착된 사진이 명철이 것이 확실해도, 혹시 또 다른 핸드폰으로 자신의 전화를 받지 않을까 라는 미련을 버릴 수 없었다.

* * *

남석은 걷는 동안 허리를 자꾸 짚는다. 일주일 전, 채광하던 중에 허리가 삐끗했다. 혜산에서 무산으로 오기 전 단련대로 보내진 뒤부터 남석은 선광이 아닌 채광을 했다. 선광보다 채광이 훨씬 힘든 작업이어서 일을 할 때는 허리가 끊어질 것 같았지만 마음대로 일을 쉴 수 없었다.

'혜산에서 구리 파철을 팔아먹던 때는 그런대로 살 만했는데.'

남석은 중얼거렸다.

혜산에서 살 때, 인민반장이 일을 주면 시키는 대로 하면 그만이었다. 어쩌다 보안원이 구리 파철을 중국으로 몰래 빼돌리는 일을 눈치채면, 인민반장이 알아서 뇌물을 바치고 무마해 주었다.

그날도 평소와 다른 것은 하나도 없었다. 여자들은 빨래터에 나와 빨래를 하느라 바빴고 그런 시간이면 국경을 지키는 병사도 덩달아 빨래터를 기웃거렸다. 빨래 바구니 속을 뒤지기도 했다. 바구니를 열어보겠다는 병사를 피해 바구니를 들고 도망치는 여자도 있었다. 병사는 그 여자를 붙잡겠다고 쫓아다니고 그러는 사이 빨래 바구니를 주변의 다른 바구니와 슬쩍 바꿔치기했다. 병사들이 빨래터까지 내려온 것은 바구니에 밀수품을 숨겼는지 감시하기 위해서였다. 하지만 바구니에 밀수품을 넣고 중국의 강물 쪽으로 밀면 중국 쪽에서 약속한 사람이 나와서 그 바구니를 손으로 채 갈 정도로 강폭은 좁았다. 하지만 빼돌린 구리 파철 때문에 사단이 나던 날 밤의 일은 지금 생각해도 아찔하다.

　국경에서 밀매로 구리나 파철을 다 팔아 그 돈을 분배해 주다가 남석이 적발된 것이다. 동네 사람 중 배신자가 있어서 남석이 한 일이 다 알려지게 되었다. 남석은 마을 사람들을 보호하려고 혼자 죄를 뒤집어쓰고 보안대로 끌려갔다. 그 일로 남석이 단련대에 들어가고 그 뒤 혜산에서도 쫓겨나서 무산까지 오게 되는 바람에 정화의 고생은 더욱 말이 아니었다. 정화가 국경을 넘어서 중국으로 도망치자고 조르기 시작한 것도 남석이 단련대에서 나온 직후였.

　더 이상 이런 식으로 살 수 없다고 했을 때 정화를 때리기도 하고 통사정도 했다. 제발 현실을 받아들이고 당에서 다시 불러줄 때까지 참고 기다리자고 했지만 정화는 아들을 두고 혼자라도 떠나겠다고 했다.

이윽고 감청이 되지 않고 통화 연결이 수월한 곳까지 걸어간 남석은 주머니에 든 핸드폰을 꺼냈다. 주변을 한 번 더 살핀 뒤 통화 버튼을 눌렀다.

"전화기가 꺼져 있습니다."

똑같은 결과가 나올 줄 알면서도 혹시나 하는 심정으로 자꾸 버튼을 누른다.

문득, 어제 천강우와 두 번째 통화가 연결되었을 때의 일이 떠오른다. 남석은 마치 정화가 북한으로 다시 들어올 것처럼, 그러니 정화를 찾고 싶으면 직접 올라오라고, 거짓말을 하고 천을 유인했다. 나름대로 속뜻이 있었다.

남석은 핸드폰을 주머니에 넣고 자신의 몸을 왔던 길로 돌려세웠다.

"가자. 더는 망설이지 말고."

남석은 수없이 중얼거리며 집으로 향해 걸었다.

* * *

사실은 남석도 얼마 전부터 이곳을 떠날 결심을 하고 있었다. 그래서 국경을 넘게 해줄 브로커를 사기 위한 돈을 마련하려고 무리를 했다. 어차피 이곳을 뜰 것이므로 뒷일은 생각하지 않기로 작정했다.

남석이 궁리해서 저지른 일은 권양기를 뜯는 것이었다. 그런데 문제가 생겼다. 남석이 뜯기로 작정한 권양기가 하필 '수령님께서 보아주셨다'는 문구가 새겨져서 아무도 건드리지 못하는 물건이었다. 하긴 그런 이유가 아니었다면 고장 나서 방치된 것을 누구도 건들지 못하고 그냥 뒀을 리가 만무했다.

남석은 오랫동안 그 권양기에 눈독을 들이다가 밤새 그것을 뜯어냈다. 미리 접선해 둔, 파철 밀매를 하는 중국 상인에게 몰래 팔았다. 여러 사람의 입막음을 하는 데 든 비용을 빼면 그리 큰돈이 수중에 들어온 것도 아니었다.

그런데 그만 들통이 난 것이다. 문제는 '수령님이 보아주셨'던 물건이라서 그 권양기가 없어진 것을 알고 보안대가 발칵 뒤집힌 것이다. 남석은 모른 척했지만 보안원들은 귀신같이 알아채고 남석에게 혐의를 뒀다. 이미 혜산에서 철광석을 거래하다가 단련대에 끌려간 전과 때문이었다. 남석은 허리가 아프다고 직장에도 가지 않은 채 도강을 할 궁리를 하던 중이었는데 천강우가 찾아온 것이다.

온종일 대문 열리는 소리만 나도 가슴이 두근거렸다. 그런데 느닷없이 천강우가 찾아오고 조금 전 보안원까지 들이닥친 것이다. 머리가 아프니 아침에 출두하겠다고 간신히 미뤘으니 도망칠 수 있는 시간은 새벽 전까지였다.

그렇지 않아도 정화가 사라진 뒤 사상 검증을 하겠다고 당위원이 수시로 찾아오는 등 남석은 요주의 인물로 꼽혔다. 보위대에서도 정화의 행방을 묻고 다녔으며 설상가상으로 남석이 중국으로 넘어가려 한다는 소문이 이미 파다하게 퍼졌다. 남석은 한참 동안 허공을 올려다보고 걸었다. 적막했다. 이 길을 또 밟을 날이 있을까. 아마도 마지막일 듯하다.

* * *

문이 열리더니, 남석이 들어온다.

"바람 좀 쐬고 왔소. 나한테 어서 조사받으라고 재촉해서 머리가 좀 아팠소."

천이 묻지 않은 말을 남석이 먼저 꺼낸다. 천은 사뭇 달라진 분위기로 들어서는 남석을 바라본다.

"무슨 잘못을 저질렀기에……."

"몰래 권양기를 뜯어서 팔았는데 그게 들통난 모양이오."

남석은 더 이상의 이야기를 하기가 두려운 눈치다. 살기가 힘드니까 관리부터 부정부패가 심해지고 그러니 민심이 이반해서 너도나도 살겠다고 부정을 저지르는 일이 늘었다던 정화의 말이 실감났다.

"경제가 안 좋아서 주요 도시에 연료가 끊어질 정도라더니 참말인가 봅니다? 하긴 그래요. 매월 수백 명씩 중국으로 출장 가는 관리들이나 외국물 먹은 무역 관계자나 엘리트들이 가난의 원인을 파고들어서 해결하려고 든다면 몰라도."

"그만하기오!"

남석은 불같이 화를 내며 말을 끊어버린다.

"함부로 지껄이지 마오. 그래도 우린 우리 식대로 살아온 거요."

그가 마지막 자존심을 지키겠다고 나선 사람처럼 흥분한다.

"우리 식대로 하겠다는 게 뭔가요? 선군 중심의 자립적 사회주의 경제 운영? 말은 좋지요. 전체주의 계획경제가 우리 식 아니던가요. 인민에게 시장경제 운용을 하는 게 나았을 텐데."

남석의 얼굴이 보기에 민망할 정도로 붉어졌다.

사실은 이렇게 말하고 싶었다. 이곳의 독재는 이제 끝장날 거라고. 탈북자에게 뇌물 받고 국경 건네주는 군인을 잡으면 처형하는 게 원칙이라 해도, 집안에서 한 사람이라도 탈북자가 발생하면 무조건 내륙으로 추방해도, 소용없다고.

하지만 이곳에 사는 사람에게 이곳의 형편이 나쁘다는 사실을 들려준다고 무슨 소용인가. 가난으로 죽어가는 사람을 앞에 두고 당신이 가난할 수밖에 없는 이유를 늘어놓는 것과 다를 바 없다.

"죄송합니다."

"아니오. 내가 되레 미안하오. 정화 소식 묻자고 여기까지 찾아온 손님인데."

감정을 가라앉히고 차분해지려고 애쓰는 남석을 대하자 콧날이 시큰하다.

"정화 소식이 끊어진 뒤로는 나도 범의 꼬리를 잡고 놓지 못하는 꼴이 됐소."

남석은 한숨을 내쉬더니 마음속 깊은 말을 털어내듯 낮은 음성으로 말을 이어간다.

"우린 불편해도 지금까지 버텼다는 게 맞을 거요. 그저 견뎠다는 거. 지금 힘들어도 웃으면서 가자고 배웠고 총화 시간마다 그런 세뇌를 했으니까. 수령님과 장군님은 인민의 어버이로서 위대하다고 배웠으니까. 태어날 때부터 김일성 김정일을 아버지로, 또 하나님으로 믿고 살아왔고 그 믿음을 의심해 보지 않았소."

천은 듣기만 했다.

"믿음을 의심하면 그건 믿음이 아니니까. 믿음은 무조건 믿는 거니까. 무조건 우리의 태양이라고, 그 태양이 가끔 흐리고 가끔 어디론가 달아나서 비바람이 몰아쳐도 사흘 나흘 한 달 두 달 뜨지 않을 때도 있듯이 지금은 잠시 힘든 거라고, 우린 그렇게 살았던 거요. 배고프고 굶주리고 힘들어도 운명 탓이나 제 탓을 했을 뿐이오."

"……."

"그 시련이 싫다고 도망가 버리면 배신이고 배신을 하면 죽는다고 배웠소. 공개처형을 해도 당연히 받아들이고 조심하자면서 살았던 거요. 우리가 비록 힘들고 배고파도 한 식구가 똘똘 뭉쳐서 살아가겠다는데 그런 우리를 미국이나 남한이 자꾸 못 살게 방해한다고 생각했소. 당신이 북조선에서 태어났다면 수령님과 더불어 살다가 이 땅에서 다 같이 죽어가는 게 낫다고 생각하지 않았겠소?"

남석은 체제를 비판하면서도, 동시에 그런 일이 마치 부모를 거역하는 일이라도 되는 듯 거부감을 드러내며 혼란스러워하고 있다. 왕조의 백성으로 왕조의 몰락을 서러워하는 듯한 그의 태도가 못마땅했다. 당신은 체제를 유지시키기 위한 노예가 아니라고 일갈해 주고 싶었다. 그러나 워낙 자존심이 강한 사람이니 돌려 말하기로 했다.

"여기를 떠나요. 정화처럼."

"뭐라고 했소?"

"저하고 같이 국경을 넘어요. 그래야 정화도 만날 수 있을 거고……."

천은 몇 번을 곱씹다가 힘들게 제안한다.

"내가 정화와 만나면 그쪽은 어떻게 하겠단 거요?"

"그건 우리가 정할 일이 아니라 정화가 정할 일이지요. 정화는 우리 둘 다 외면할 수도 있으니까. 하하."

그도 천의 말에 쓴웃음을 흘린다.

사실은, 어쩌면 남석이 국경을 넘고 싶어 하면서도 선뜻 그 말을 꺼내지 못하고 있다는 느낌을 받아서 꺼낸 제안이다. 그 말을 듣는 남석의 반응을 보면서 천은 자신의 느낌이 틀리지 않았음을 알아차린다.

"사실 여기서 무작정 강 건너간 사람은 없소. 다 돈 주고 브로커 연결하고 안전하게 만들어놓고 하는 거요. 아무 준비 없이 밤에 거길 건너려면 우린 죽을 각오를 해야 할 거요. 어차피 그쪽은 죽더라도 오늘 밤 강을 건너야 할 사람이지만. 난 확신이 없구마. 그럴 형편도 못 되오. 남조선이 내가 살 만한 곳일지도 자신이 없소. 그곳 역시 여기처럼 문제가 없진 않을 테니까. 그곳에서 내가 살아갈 수 있을까 미심쩍기도 하고."

남석의 마른 몸이 더욱 오그라드는 것 같다.

"그러나 난 갈 거요. 기대하진 않았지만, 불가능한 일이라 생각했지만, 내가 천 선생에게 이리로 오라 한 건, 천 선생을 따라서 갈 생각을 했던 거요. 정화를 다시 만날 수 있다면, 명철이 이야기를 하고 용서를 빌 수 있다면, 지옥까지라도 찾아갈 작정이니."

남석이 고개를 푹 숙인다.

그렇다면 천에게, 정화를 찾으러 올라오라는 말이 정화가 있는 곳이 어디든 따라가겠다는 말이었다니. 정화를 만나겠다는 그의 마음이 천을 이곳까지 오게 한 셈이었다. 감동이랄까. 언뜻 눈시울이 뜨거워졌다.

천은 왜소한 그의 몸을 바라볼 수 없어서 시선을 옮겨 창문을 바라본다. 저녁이 아니라 낮이었다면, 창호지로 얼기설기 발라진 문으로 햇살이라도 들어올 텐데, 방 안으로 따스한 햇볕이라도 스며들 텐데, 그런 빛의 조각이라도 남석에게 보여주고 싶다는 생각을 했지만, 밖은 지금 어둠뿐일 것이다.

"좀 더 어두워지면 출발합시다. 한두 시간 뒤면, 수비대가 교대할 시간이라서, 자리를 비운 틈을 타서 도강하기에 좋을 거요."

남석은 바깥의 어둠이 더 진해지기를 기다리는 듯 방문으로 시선을 돌린다.

*　*　*

"이것 좀 먹소."

남석은 옥수수빵을 꺼내놓는다.

"먹어야 강을 건널 것 아니오."

남석의 얼굴이 통증을 억지로 참고 있는 환자의 얼굴 같다. 천은 빵을 집어 든다. 같이 먹자고 빵을 반으로 쪼개어 내밀었지만 남석은 손을 내젓는다. 천이 혼자 빵을 먹는 사이 남석은 가방을 꾸리느라 분주하다. 그러더니 서랍의 가장 안쪽에 든 사진 한 장을 꺼내 보여준다.

"우리 식구요. 얘가 명철이······."

정화와 남석의 가운데 앉은 아들을 손으로 가리킨다. 얼마나 들여다봤는지 사진 끝이 나달나달하다. 모두 환하게 웃고 있는 모습이다.

"그 사진을 찍을 때 가장 행복했소. 행복이 별거 아니잖소. 우리 같은 사람은 그저, 일한 대로 먹고살 식량 생기고, 나라에서 이것저것 간섭하지 않으면 그만 아니오. 그걸로 충분했는데······."

남석은 천에게 사진을 보인 뒤 그것을 가방 안쪽 주머니 깊숙이 넣는다. 그에게 행복한 가족이 있었다는 증거는 그 한 장의 사진이 전부인 듯하다.

"같이 강을 건너도, 정화가 오래전부터 내 사람이라는 걸 명심하오."

천은 대꾸하지 않았다. 그 대신 남석의 두 손을 꽉 잡았다. 의미심장한 눈길이 오갔고 순식간에 동지나 피붙이가 된 듯하다.

* * *

"따라오시오!"

남석이 앞장서고 천이 그의 뒤를 바짝 따라 걷는다.

바람소리가 요란하게 숲을 흔들었지만 발자국소리를 삼켜주어서 다행이다 싶었다.

"후회하지 않겠습니까? 다신 돌아올 수 없을 텐데."

지나가는 소리처럼, 무심히 남석에게 묻는다.

"정화를, 이러지 않고는, 죽어서도 만날 길이 없잖소?"

남석 역시 무심한 듯 한마디 툭 던지더니 걸음이 빨라진다.

사방이 어두워서 천은 남석을 보면서 뒤따라 걷는 게 아니라 그가 움직이는 소리를 쫓아가는 듯하다.

"요샌 국경 넘기가 아주 위험해졌소. 발각되면 무조건 쏜다고 그러오. 그래도 우린 어찌 되든, 이제 갈 데까지 가는 거요."

천은 대꾸하지 못한 채 그를 뒤따른다.

"자, 이제부터는 정말 위험한 지역이오. 여기만 잘 통과하면 바로 강을 건널 수 있구마. 저기쯤 초소가 있으니 발소리 죽이고 바짝 따라붙으시오."

남석의 뒤에 빠짝 따라붙어서 띈다.

얼마나 지났을까. 수풀에서 인기척이 나는가 싶더니 후다닥 달려오는 발소리가 난다. 그 소리에 남석이 뛰기 시작한다. 영문을 모른 채 천도 따라 뛰었다. 총소리가 났다. 순간 바로 앞에서 뛰어가던 남석이 풀썩 쓰러진다. 총에 맞은 걸까. 어둠 속에서 그의 비명소리가 터져 나왔다. 천은 그에게로 정신없이 다가갔다. 그가 내지르는 비명소리를 향해 손을 뻗어 그의 몸을 잡는 순간 개머리판이 천의 머리를 후려쳤다.

이대로 끝난 건가. 출구는 없는가.

남석이 호소하듯 허공을 향해 외친 듯하지만, 천은 정신을 잃고 쓰러진다. ◆

벽

벽

 천은 눈꺼풀을 들어 올리려고 애쓴다. 핏물이 괸 것처럼, 눈곱이 잔뜩 낀 것처럼 눈이 떠지지 않는다. 낮고 깊은 신음이 입술을 비집고 새어 나온다. 두 손에 수갑이 채워졌고 두 발도 끈으로 묶여 있다. 나가야 한다고 중얼거리며 힘겹게 눈을 뜬다. 눈을 감고 있을 때보다 방은 더 어둡게 느껴진다. 도무지 여기가 어딘지 알 수 없다. 서늘한 기운에 온몸에 한기가 돈다. 시멘트 바닥과 네 벽뿐인 곳에 갇힌 것이다.
 벽……. 하긴 천의 관심사는 애초부터 벽이었다. 정화가, 국경이, 북한 체제가 그에게는 벽이었다. 벽 너머 사람들이 사는 모습이나 생각이 늘 궁금했다. 벽에 관심을 가질수록 아이러니하게도 그는 점점 더 벽에 갇힌 듯하다.

순간, 철문이 열리는 소리, 그에게로 가까이 다가서는 발소리가 들린다. 손전등 불빛이 따라 들어와 그의 몸을 위아래로 훑듯 지나간다.

"동무, 깼어?"

그가 꼼짝하지 않자 찬물이 퍼부어진다. 진저리치며 몸을 일으키자, 한 군인이 그를 방에서 끌어낸다. 긴 복도로 끌고 가더니 또 다른 방에 그를 밀어 넣는다. 방 가운데 테이블이 놓여 있다. 그 앞에 놓인 철제의자에 그를 앉힌다.

곧이어 한 사내가 들어오더니 천의 맞은편에 앉는다. 천은 수갑 찬 두 손을 들어 머리에서 얼굴로 쉴 새 없이 흘러내리는 물기를 닦아내며 사내가 입을 떼기를 기다린다.

"난 시철이라 하오. 고생이 많소."

그는 시철이란 사내를 노려본다. 찢어진 눈매와 유난히 튀어나온 광대뼈 탓에 사나워 보인다.

"그 눈빛, 뭐야? 맘에 안 들어."

시철이 조금 전의 정중한 말투를 순식간에 반말로 바꿔버린다. 기 싸움에 밀릴 수 없다는 듯. 애써 표준말을 쓰려는 듯한데 함경도 억양은 어쩔 수 없는 모양이다. 시철이 고개를 길게 늘어뜨려 천에게 자신의 얼굴을 바짝 들이댄다.

"두만강은 왜 넘어왔어?"

고개를 숙이며 묵묵부답하자 시철이 테이블을 탁, 친다.

"어디서 보낸 거냐고!"

"북·중 국경 지역을 여행하다가 낭떠러지에서 떨어지는 바람에……."

"두만강에 빠져서 길을 잃고 헤매다 넘어왔다? 지금 나한테 그 소릴 믿으라고 지껄이는 거야? 여기서 거짓말을 늘어놓고 살아 나간 놈은 없어."

실핏줄이 엉킨 눈이 천을 노려본다. 그 역시 시철의 눈빛을 맞받는다. 하지만 그것은 눈과 눈의 부딪침이 아니라 불신과 불신의 부딪침이다.

"남조선이 싫어서 넘어왔지?"

"남조선이 싫어서요?"

"이 새끼, 귀가 처먹었어?"

"우연히 여기까지 왔습니다."

"그럼 북조선을 어떻게 생각하지?"

"어떻게라뇨?"

"이 새끼가 정말! 북조선이 좋아서 넘어온 거 아니냐고?"

천이 고개를 젓자, 시철은 미간을 찌푸리더니 벌떡 일어선다. 그에게 다가와서 그의 얼굴에 자신의 얼굴을 바짝 들이댄다.

"북조선에서 살고 싶어서 온 거 맞지?"

"살려고 오다뇨? 그럴 리가요."

"이 새끼가, 쥐도 새도 모르게 죽여도 될 새끼를 살려 줬더니, 정신을 못 차려?"

대뜸 천의 의자를 발로 찼다. 그 바람에 그는 뒤로 나뒹굴고 말았다. 바닥에 넘어진 그의 얼굴을 시철이 구둣발로 걷어찬다. 대번에 입술과 코에서 피가 터지고 피비린내가 난다.

"끌고 가!"

시철의 명령에 차렷 자세로 서 있던 군인이 천에게로 다가섰다.

* * *

천은 다시 네 벽에 가둬졌다. 희미한 복도의 빛이 스며든 방의 구석에는 칸막이로 가려진 화장실이 하나 있을 뿐이다. 이곳은 감옥일까. 국경 부근의 수용소일까. 아니라면 '모처'라고 불리는 특별구역인가. 알 수가 없다.

종이에 담겨서 그의 방 안으로 넣어진 빵을 집어 든다. 한입에 베어 물었지만, 옥수수 냄새를 풍기는 빵은 딱딱해서 잘 씹히지 않는다. 하지만 빵을 담아 온 종이까지 씹어 먹을 수 있을 것 같은 허기가 빵을 삼킨다.

천은 나흘째 하루 한두 차례 끌려가서 심문을 받았다. 매번 비슷한 질문이 쏟아졌다. 시철은 의도적으로 넘어온 것이란 대답을 듣기를 원했다. 하지만 그렇게 대답할 수는 없었다. 우연히 넘어왔다는 사실을 분명히 밝혀야 귀환해도 뒤탈이 없을 터였다.

서로의 말이 상충되면서 심문은 구타로 이어지고 그가 피를 흘리면 다시 네 벽에 갇히는 순서로 이어졌다.

이상하게도 함께 국경을 넘은 남석에 대해서는 아무런 질문이 없었다. 남석은 사살된 것인가. 남석을 생각하자 오금이 저렸지만 괜한 혹을 붙이는 일이 될까 봐 물어볼 수 없었다. 총소리가 들리자 남석이 쓰러지던 장면이 떠올랐다. 그런데 이상하게도 그 상황이 현실 같지 않았다. 영화의 한 장면처럼 낯설었다. 천이 몸을 돌려 쓰러진 남석에게 다가서려는 순간 무거운 것이 그의 머리를 내리쳤다. 정신이 들자 좁은 군용차 안이었고 그는 짐짝처럼 다른 차로 옮겨진 뒤에야 이 방에 던져졌다.

시간이 지날수록 남석이 그 자리에서 죽었을 거란 확신이 들었다. 그렇지 않다면 그에 대해 어떤 것도 묻지 않을 수는 없을 테니까. 그런 생각을 하면 괴로웠다. 자신이 그를 죽도록 만들었다는 생각이 들었다. 정화를 찾겠다고 이곳까지 오지만 않았어도 정화의 남편인 남석이 국경을 넘겠다고 위험을 자초하지는 않았을 것이다. 그는 남석을 생각하며 한동안 소리 죽여 울었다.

* * *

심문 내용이 다소 수정된 것은 열흘이 지난 뒤부터였다.
"천 동무, 국정원에서 보낸 스파이지?"
시철의 질문은 달라졌지만, 일방적이고 강압적인 점은 같았다.
"무슨 지령을 받고 넘어왔나?"
"인터넷이 된다면 검색해 봐요. 남한의 작가가 북·중 국경지역에서 실종되었다는 기사가 뜰 겁니다. 실종된 시기는 헛짚을 수 있겠지만, 내 사진과 인적 사항은 확인할 수 있을 겁니다."
"인터넷? 얼마든지 조작할 수 있을 텐데 그걸 믿으란 거야?"
시철은 담배를 피워 물었다. 한참 동안 뜸을 들이더니 이윽고 입을 뗐다.
"국정원 요원이면서 작가도 한 거야? 신분 숨기고 중국에 드나들면서 우리 사람들 접선했지? 스파이 짓 하다가 무슨 임무를 수행하려고 넘어왔냐니까!"

말끝마다 스파이란 혐의를 씌웠다. 이제 시철이 듣고자 하는 말은 그가 스파이라는 대답이었다.

시철의 말에 따르면, 최근 국경 부근에서 동상이 파괴된 사건이 벌어졌다는 것이다. 하필이면 국경 경비가 삼엄하던 때 천과 남석이 국경을 건너다가 잡힌 것이다. 동상 파괴 같은 일이 이렇게 폐쇄적인 사회에서 벌어지고 있다니, 천으로서는 그 사실 자체가 충격적이었다. 시철이 그런 그의 표정을 기록하듯 유심히 살폈다.

"한미가 합작한 스파이가 동상을 까부수러 올라왔단 정보가 입수됐어."

정황을 종합해 보면 지금 북한의 내부 변화에 군 당국이 술렁이는 모양이었다. 스파이가 국경을 넘어 들어와서 그런 짓을 하지 않고서는 있을 수 없는 일이라는 것이다. 북한 주민은 감히 그런 짓을 벌일 상상도 못할 것이니 당연히 외부의 소행이란 말을 반복했다.

천의 대답이 한결같으니 시철의 목소리가 점차 커졌다. 논리 없는 협박을 들어주느라 지쳤는지 천은 또 코피를 쏟고 말았다. 고개를 뒤로 젖혀 목구멍으로 피를 넘겼다.

도대체 시철이 묻는 모든 질문이 터무니없기만 했다. 분명한 사실을 말해도 들은 척하지 않고 정해진 대답을 하라고 윽박지르니 미칠 노릇이었다. 급변하는 국경지역의 변화에 민심이 돌아서는 것을 수습해야 하니, 스파이 탓이라고 혐의를 덮어씌우려는 의도 같았다.

기껏해야 서른 살 후반으로 보이는 시철이 때론 안쓰럽게 느껴졌다. 남석에게 느꼈던 감정처럼 시철에게도 비슷한 감정을 느꼈다. 사실 천과 시철 그리고 남석은 모두 또래니 친구가 될 수도 있는 사이였다.

한편 생각하면 시철은 이 체제에서 태어난 죄로 그저 자신의 임무를 충실히 하는 중일 뿐이니 그를 미워할 수도 없었다. 하지만 이곳과는 다른 체제인 한국으로 돌아가서 또 다른 일상을 영위해야 할 자신의 처지 또한 시철이 이해해 줘야만 했다. 서로의 입장이 상반된 처지에서 만난 것이 아니라면, 서로에게 개인적인 적의나 사심을 가질 이유는 없었다. 천은 고개를 젖히고 목구멍으로 흘러드는 피 냄새를 맡으며 그런 생각을 이어갔다.

코피가 멎자 시철을 쳐다봤다. 시철은 고개를 약간 뒤로 젖히며 소리 내어 웃었다. 일부러 만들어 낸 듯한 웃음소리가 귀에 거슬렸다.

"그리 쉽게 코피가 터지니, 그렇게 나약해서 스파이 짓 제대로 하겠어?"

우월감을 과시하고 싶은 듯 그의 목소리가 한껏 높아졌다.

* * *

또 며칠이 지났는지 알 수가 없다. 저들은 하루도 빠짐없이 똑같은 빵을 던져줬다. 하루에 세 개의 빵을 어김없이 먹었다. 그 빵만 먹어서 영양실조로 죽는 게 아니라 매일 같은 양의 같은 빵을 한 달 동안 먹게 된다면, 그래야 하는 사실 때문에 우울증에 걸려서 목이라도 맬 듯하다.

옥수수 냄새가 나는 딱딱하고 둥근 빵을 처음에는 몇 입에 다 베어 먹었다. 그다음에는 반으로 자르고 또 반으로 잘라서 먹었다. 쪼갠 조각을, 한 개의 빵을 통째로 먹을 때처럼 입안에 넣고 오래 씹었다. 그렇게 먹다 보면 한 개를 통째로 먹을 때보다 훨씬 더 포만감을 느꼈다. 구역질이 올라올 때도 있었다. 하지만 토하면 죽는다는 생각에 입을 꾹 다물고 참았다. 빵을 먹는 방법이 더는 없을 정도로 다양한 방법으로 빵을 먹었다. 오늘 아침에는 잇몸이 붓고 턱관절이 삐걱댔다.

* * *

오늘따라 시철에게는 음습한 분위기가 풍긴다. 심문실의 곰팡내가 시철의 몸에서 생성된 것처럼 느껴질 정도다. 입꼬리가 아래로 처지게 웃는 모습이나 피곤한 듯 두 손으로 마른세수하는 모습을 자주 보였다. 그도 자신의 임무가 권태로워진 것인가.

천은 점차 시철에 대한 경계심이 풀리는 것을 느꼈다. 절대 그가 의도하는 대로 대답하면 안 된다는 결심 대신 그의 각본대로 대답해서 이곳에서 탈출하고 싶다는 유혹을 느꼈다. 그래서 오늘은 그가 남조선을 어떻게 생각하느냐고 묻자, 그곳도 문제가 많습니다, 라고 대답했다.

"그렇지. 바로 그거야. 그래서 여기로 넘어온 거지?"

시철이 물었다.

"그건 아닙니다."

그가 부정하자 구둣발로 의자를 찼고 그는 또 한 번 나뒹굴었다. 일어나 앉으며 그는 입안에 든 부러진 이빨 두 개를 내뱉었다.

"북조선은 어떻게 생각해?"

시철이 태연하게 다시 물었다.

"여긴 정화가 살던 곳이라서 내 고향 같았습니다."

정화 이야기를 꺼내자 시철은 반색했다.

"제 애인 정화가 북한으로 돌아갔다는 소문이 돌았어요. 그래서 내 발로 찾아가 보고 싶었어요."

"이제야 실토하나? 우연히 왔다는 거 거짓말이라고."

"그래서 북·중 국경에 관광 온 겁니다만, 정화가 산다는 무산을 내려다보다가 산비탈에 굴러떨어진 것이니 정화 때문에 여기까지 왔다는 말이 틀린 건 아닙니다. 우연히 왔다는 것도 거짓말이 아니듯이."

"이 새끼가 이랬다저랬다 지금 날 갖고 노는 거야?"

천은 더는 대꾸하지 않았다. 얼굴이 퉁퉁 부어서 입술을 움직이기도 힘들었다. 오랜 감금 생활에서 오는 스트레스와 영양실조로 인해 온몸에 독이 퍼진 듯 몸이 점점 더 무거워지고 있었다. 밤새 앓다가 다시 심문을 받으러 나오는 일상이 반복되자 육체적 고통과 정신적 불안이 극한으로 치달아가고 있었다.

점차, 천은 네 벽에서 나갈 수만 있다면 무슨 짓이든 할 수 있을 듯했다. 아마 오랜 고문을 이어간 이유가 천이 이런 상태에 이르기를 기다렸기 때문인 듯싶었다.

"남조선에서 정화가 뭘 했어?"

"약을 팔았어요."

"무슨 약?"

"건강보조약. 영양제 같은 거요."

"그걸 팔아서 벌어먹겠다고, 우리 북조선을 배신하고 갔단 말이야?"

"배신이 아니라……."

"시끄럿! 남조선이 얼마나 진창 같았으면 돌아왔겠어?"

시철의 말에 그는 대꾸하지 않았다. 다만 체제에 편입되어 사는 시철의 확고한 태도에 몸이 떨렸다. 체제라는 것은 참 편리하다는 생각도 들었다. 체제 속으로 들어가서 만들어진 길을 따라 살아가는 것, 또 다른 체제는 절대 악이라 규정하여 부정하거나 외면할 대상으로 삼는 것. 그래서 자신이 어떤 체제라는 우물 안에 있으며 나중에 그 우물에서 어떻게 벗어날 수 있을지 질문조차 하지 않게 되는 것. 그러니 시철이 속한 체제는 언제까지나 유지될 것처럼 보였다.

하지만 과연 시철이 체제에 대한 어떤 신념이나 확신을 가지고 천을 심문하는 것일까. 지금 하는 일이 시대정신에 맞는 일이며 역사와 미래에 어떤 영향을 끼칠 것인지에 대해서 생각할까.

"정화는 어떤 여자였어?"

"악착같았어요. 돈을 모으려고 혈안이었죠. 열심히 살았어요."

"정화가 북조선으로 돌아온 걸 보면 그래도 여기가 남조선보단 살기 좋단 말이겠지?"

"태어나서 살던 곳이니까요."

"정화 주소 말해 봐. 내가 그 여자에 대해 알아봐 줄 테니까."

시철이 정화에게 관심을 가지자 천은 당황스러웠다. 탈북한 전력을 들이대서 정화에게 어떤 불이익을 줄지 모를 일이다.

"관심 없습니다. 이젠. 사실 나한텐 남한에도 애인이 있습니다."

"아니 이 새끼가. 그래서?"

"여기 와서 생각하니까, 정화보다 그 여자를 더 사랑한 것 같습니다."

"사랑?"

시철이 소리 내어 웃었다.

"사랑이라고? 이 새끼가 간땡이가 부었구먼. 여기 끌려들어 와서 그딴 말 한 놈은 너밖에 없어."

시철이 또 철제의자를 발로 찼다. 질문과 구타, 더 자세한 질문과 더 심한 구타를 이어갔다. 일정하게 이어지는 심문의 패턴을 알게 되자 불확실성에서 놓여난 듯 도리어 덜 불안했다.

시철은 매듭이 잘 풀리지 않아서 답답한 듯 자리에서 일어나더니 테이블 주위를 뱅뱅 돌았다. 어쩌면 이 일이 언제 끝날지 몰라서, 뜨거운 감자를 손에 든 것처럼 초조해 보였다.

"남조선 여자들은 어떤 남자를 좋아하나? 거기 여자들이 음란하다는 이야기가 맞아?"

음탕하거나 짓궂다기보다, 호기심이 느껴지는 목소리로 물었다. 남쪽의 여자, 만날 수 없는 곳에 사는 여자에 관해 묻다가 얼굴을 붉혔다. 그러더니, 여자 이야기는 마음껏 떠들어도 당의 강령에 위반되지 않고 잡혀갈 일도 없다고 지레 변명했다.

"남조선에서 사귄 여자 이야기 더 해봐."

"여자 이야기?"

구타당할 줄 알면서도 천은 자꾸 되물었다. 무슨 말을 뱉어야 뒤탈이 없을지 자기 검열을 이어가는 것이 습관이 되고 있었다.

청라는 그가 가장 힘든 상황에서 만난 여자였다. 그 무렵 천은 무명 소설가였다. 날마다 겹겹의 벽 앞에 서 있는 기분이었다. 축구공처럼 쉴 새 없이 굴러가는 다른 소설가들과는 달리 자신은 한 지점에 멈춰버린 듯했다. 사물이나 사람을 보고 감탄하는 마음을 잃었고 분노하거나 탄식을 한 지도 오래되었다. 무기력증이란 병에 걸려서 거대한 벽 앞에 선 듯한 시간을 보내면서도 벽을 뚫고 나가겠다는 패기조차 무뎌진 때에 청라를 만났다.

청라는 개성이 넘치는 여자였다. 시시껄렁한 연애가 아닌 화려한 연애를 하고 싶다고 했다. 화려한 연애는 자본과 이벤트, 색다른 배경이 필요했다. 미래에 그가 어떤 사회적 지위를 갖게 될지 불확실하다는 사실을 깨닫자마자 그녀는 기꺼이 그를 떠났다.

그 뒤 청라는 이름만 대면 알 수 있는 남자의 애인이 되었다. 유명한 테너가수였다. 그를 통해 그녀가 이르지 못한 세상을 향해 달려갔다. 물론 그녀를 이해하지 못한 것은 아니었다. 그녀는 오케스트라에서 바이올린을 연주하고 있었는데 주목받는 대상이 되지 못했다. 그 상처를 유명한 테너가수 애인을 통해 보상받고자 했다.

"이거 남조선은 듣던 대로 아주 문란하구먼."

"문란하죠. 벽을 허물고 자유롭게 살아가는 걸 문란이라고 한다면."

"그게 무슨 자기 합리화야?"

"벽은 허물어질수록 좋은 거니까요. 벽이 있을수록 그 안에서 많은 짓이 벌어지니까요."

"남조선이 그만큼 허물어야 할 벽이 많단 거야?"

"당연히 곳곳에 벽입니다. 정말 허물어야 할 벽이 많아요."

"우리 북조선엔 벽 따윈 없어."

"정말 그렇게 생각합니까?"

"아니 이 새끼가 이제 아주 기어오르는구먼. 내 말을 못 믿겠단 거야? 우리 북조선을 못 믿겠단 거야?"

또다시 천은 구타를 당한 뒤 감방으로 옮겨졌다.

* * *

오늘도 평소처럼 빵을 먹었다. 하지만 평소와 분명 달랐다. 빵을 씹으면서 평소와는 다른 기분이 들었다. 똑같은 빵만 먹고도 살 수 있다니. 적응되어서 빵 하나로 간단히 끝나는 식사시간이 마음에 들 정도였다. 빵 한 조각을 입에 넣고 오랫동안 씹기 위해 네 벽 안에서 수없이 맴돌았다. 그렇게 한 시간을 빵 하나 먹는 것으로 보냈다.

빵 한 조각을 먹으면서도 충분히 행복해질 수 있구나. 그러니 지금 행복하다. 그렇게 시철에게 보란 듯 말해 주고 싶었다. 아무리 인간을 네 벽에 가둬도 자유란 것이 무엇인지 아는 사람은 자유를 상상할 수 있고 그 상상으로도 자유를 얻을 수 있다고. 그런 말이 네 벽에 가두고 자신을 이용할 말을 하도록 강요하는 그에게 할 수 있는 유일한 저항이 될 수도 있을 것이다. 네 벽에 갇혔지만, 이곳에서도 행복하다고, 자유를 누려 본 자는 빵 한 조각을 씹으면서 네 벽에 갇혀 지내도 자유를 상상하면서 행복할 수 있다고, 그런 말을 시철에게 들려주고 싶은 욕망을 느끼기도 했다. 다만 그런 말을 시철이 얼마나 이해할 수 있을까? 유감스럽게도 시철은 단칼에 자르듯 말할 것이다. 헛소리 집어치우라고.

아침에 눈을 뜨자, 여기가 어딘가. 왜 여기 있나. 그런 질문이 이어졌다. 그러다가 차츰, 여기가 아니라 저기면 뭐가 다르냐는 질문으로 이어졌다. 그러자 왜 여기 있냐는 질문의 답은 여기면 또 어떠냐는 대답을 불러왔다. 이렇게 감금된 네 벽이 '지금, 여기'란 인식을 하자, 이렇게 감금된 '지금, 여기'를 살아보는 것 역시 특별한 시간 아닌가. 그렇게 빵을 씹듯, 그런 생각으로 감금을 견디려고 애썼다.

하지만 밤이 되면 두려움과 육체의 고통뿐인 현실에 직면했다. 미래의 시간이 어떻게 전개될지 불확실하다는 사실을 받아들이는 일이 가장 견디기 힘들었다. 내일 시철에게, 남조선은 부패했으며 사람이 살 곳이 못 된다고 말해 볼까. 그것이 조국을 배신하는 일이라 해도, 자신이 돌아갈 곳을 잃어버리는 짓이 된다고 해도. 그는 될 대로 되라는 심정이 되어가고 있었다. 이념도 체제도 아닌, 어서 이 고통으로부터, 두려움으로부터 도망칠 수 있다면, 이 고통이나 두려움이 자신의 것이 아닐 수만 있다면 무슨 짓이든 할 수 있을 것 같았다. 그렇게 대답하는 날이 오게 되지 않을까. 소름 돋도록 두려웠다.

* * *

시철은 어제 단 한 번의 구타도 하지 않았다. 수상한 일이었다. 오늘도 두 개의 빵을 먹었고 시철이 그를 심문하려고 끌어낼 시간이 다가오고 있었다. 어서 불러가서 물어뜯어 주기를 기다렸다. 하루치의 고통을 당한 뒤에야 편히 쉴 시간을 얻을 수 있다는 것을 몸과 마음이 터득하기 시작했다.

문이 열리자 빛이 따라 들어왔다. 군인이 그를 네 벽에서 끌어냈다. 하지만 매번 가던 테이블이 있는 방이 아니라 이제껏 가본 적이 없는 복도 끝 방으로 그를 밀어 넣었다. 붉은 조명이 비치는 방이었다.

군인은 천에게, 오늘은 여기서 마음껏 즐기라고 했다. 술과 음식이 놓인 테이블을 가리키며 얼마든지 즐겨도 된다고 했다. 이유를 물으려는데 어느새 문을 닫고 나가버렸다. 다시 문을 열려고 했지만, 밖에서 잠가 버린 듯했다.

천은 술과 음식이 놓인 테이블로 갔다. 한 덩어리의 빵을 먹어도 얼마든지 행복하다 여기며 살겠다고 작정한 그의 마음을 읽기라도 한 것인가. 세상에 얼마나 많은 훌륭한 음식과 술이 있는지 환기해주고 있었다.

술은 그의 의지와 상관없이 저절로 목구멍을 타고 내려갔고 어느새 술병이 비어버렸다. 뭔가, 이 상황은? 거듭 의문을 가졌지만 어지러워서 생각을 이어가기 어려웠다. 그는 자신이 조금 전까지만 해도 감방에 갇혔던 사실을 잊었다. 원래부터 호텔 객실의 고객이었던 것처럼 느껴졌다. 속이 타서 벌거벗고 침대에 누웠다. 웃음이 나왔다. 한번 터진 웃음은 도무지 멈춰지지 않았다. 견디기 힘들 정도로 너무도 유쾌했다.

"저예요."

그때 그의 귀를 간질이는 귀에 익은 목소리가 들려왔다. 정화의 목소리였다. 돌아눕자 유난히 솟은 이마와 동그란 눈을 가진, 정화가 분명했다. 그는 정화를 힘껏 안았다. 정화가 그의 가슴에 안겼다는 사실 외엔 어떤 것도 알고 싶지도, 생각하고 싶지도 않았다. 두 몸이 한순간 얽혀들었다. 그러는 동안에도 그의 손은 자주 정화의 얼굴을 확인하려고 그녀의 머리카락을 이마 뒤로 쓸어 넘겼다. 믿을 수 없어서, 간혹 낯설어 보이기도 해서, 그토록 그리워하던 정화라는 사실을 확인하려 했다. 하지만 몸이 먼저 뜨겁게 달아올라서 정신없이 들썩였다.

천은 정화의 이름을 수없이 불렀다. 아주 오랫동안 긴 사랑을 나눈 것 같은 흡족함을 느낀 사이, 또 한 명의 여자가 그에게 다가왔다. 정화가 그의 몸에서 채 떨어지기도 전이었다. 새로 나타난 여자는 그의 머리카락을 쓰다듬었고 그의 몸을 더듬었다. 정화라고 말했던 여자 역시 그의 몸을 애무했다. 또 다른 여자는, 저는 당신의 청라라고, 그가 묻기도 전에 자신의 이름을 댔다. 한 번도 받아본 적이 없는 적극적인 애무가 이어졌다. 누가 정화인지, 아니면 청라인지 알 수 없을 정도로 그는 흥분했다. 시간이 어떻게 지났는지, 여기가 어딘지 모를 정도로 그는 황홀했다.

얼마나 시간이 지났을까.

그는 문득 한기를 느끼고 눈을 떴다. 창문이 열렸고 커튼이 창문 밖에서 불어오는 바람에 휘날렸다. 두 여자는 사라지고 없었고 천은 옷을 벗은 상태로 혼자 침대에서 뒹굴고 있었다.

'이게 뭔가? 무슨 일이 벌어진 거지?'

천은 서둘러 옷을 입고 침대에 걸터앉았다.

그때 박수소리가 들렸다. 방의 불이 켜졌고 시철이 들어왔다.

"화끈하게 잘했어."

시철은 손뼉을 치면서 통쾌하다는 듯 웃어댔다.

"여자 앞에선 장수 없구먼."

천은 황망히 침대 아래로 내려섰다.

"젊은이나 늙은이나 예외가 없구먼. 카메라에 잘 찍어 놨어. 동무가 어찌나 여자와 신나게 노는지. 감상하고 싶으면 말해. 보여줄 테니까. 그럼 오늘은 이만."

시철이 손뼉으로 신호를 보내자 군인이 그를 방에서 끌어냈다.

* * *

다음 날에도 시철은 평소와 같은 모습으로 철제의자에 앉아 있다. 시철은 50년이 지나도 저 철제의자에 앉아서 테이블 건너편의 상대에게 같은 말을 되풀이해서 물을 듯하다. 천은 이빨이 빠져 헛헛한 잇몸을 혀로 훑으며 몽롱한 상태로 시철을 노려봤다.

"누가 더 좋았나?"

시철이 물었다.

"찍힌 영상 보니 둘 다 좋아 죽더군."

시철은 입꼬리를 쳐들며 웃었다.

"자, 이제 여기 왜 왔는지 말해 줄 거지?"

길 따라온 거라고, 길 입구에서 총을 든 건 사람이고 길을 금지구역으로 금 그은 것도 사람이지만, 길은 그저 길일 뿐이라고, 누구든 다녀도 되는 것이 길이 아니냐고 그는 말하고 싶었지만 그럴 기분이 아니었다. 수치심으로 아무것도 할 수 없었다.

"아직 정신을 못 차린 거야?"

시철이 시디를 들고 흔들었다. 그것을 내놓으라고 천이 손을 내밀었다. 시철이 시디를 내동댕이치더니 천의 철제의자를 차버렸다.

"남조선 돌아가고 싶지 않다고 말하면 내보내 주지. 절대 돌아가지 않겠다고 말하면."

시철이 농담처럼 가볍게 말했다. 천은 간신히 눈을 떴다. 눈꺼풀이 열리자 자신의 부어오른 콧등이 보이고 회색 시멘트 바닥과 구부린 무릎과 발이 보였다.

시철이 그의 눈앞에 시디를 들고 흔들었다. 북에서 보관하고 있다가 그가 하는 행동을 보면서 사용하겠다고 엄포를 놨다. 여차하면 남한의 언론에 터뜨리거나 가족에게 보내겠다는 위협도 덧붙였다.

"남조선으로 보내주면 가서 뭐라 할 건지 생각해 뒀어?"

시철이 그를 의자에 앉히며 물었다. 그는 고개를 저었다.

"자, 내가 하는 대로 따라 해 봐. 저는 북한에서 많은 것을 보고 돌아왔습니다."

"북한에 대한 많은 정보가 잘못되었다는 것을 알게 됐습니다."

"북한에는 언론의 자유가 있고 종교의 자유도 있습니다. 인민들이 주체사상 아래 행복하게 잘살고 있습니다."

그는 한 문장도 복창하지 않았다.

또다시 주먹이 날아왔고 발길질이 이어졌다. 그런 뒤 천은 네 벽에 다시 가둬졌다.

열흘이 지났고 결국 천은 시철이 시키는 대로 복창하기 시작했다.

* * *

아침 일찍 천에게 한 벌의 옷이 던져졌다. 석방이라고 했다. 그는 양복으로 갈아입고 어깨까지 내려온 머리를 묶었다. 군인이 그의 눈에 안대를 한 뒤, 차에 태웠다.

한동안 달린 뒤에야 천을 차에서 끌어내렸다. 안대를 벗자 대리석 단층 건물 앞에 자신이 서 있었고 시철이 그의 옆에 서서 웃고 있었다.

시철이 안내하는 대로 건물 안으로 들어갔다. 로비로 들어서자 완장을 찬 기자들이 천에게 마이크를 들이댔다.

"석방 소감을 말씀해 주십시오."

천은 시철을 쳐다보았다. 시철이 눈을 찡긋했다.

시철이 수백 번이나 그에게 주입시킨 문장을 그대로 뱉어냈다. 시철이 준비시킨 대로 질문이 이어졌고 시철이 주문한 대로 대답했다. 자신이 한 말로 인해 어떤 후폭풍을 당할지 두려웠지만 확실한 것은 우선 이곳에서 살아 있다는 사실이었다. 그 역시 그가 그토록 경멸하던, 체제에 복종해서 목숨을 연명하는 대다수 사람처럼,

두려움에 굴복하고 만 것이다.

기자회견이 끝나자 시철이 천에게 손을 내밀었다.

"수고했소."

시철은 천의 손을 잡고 흔든 뒤 그를 힘껏 껴안았다.

"이제 영영 작별이오."

시철이 그의 등을 두드리며 속삭였다.

"동무는 나를 참 재밌게 해줬소. 잘 가오."

시철에게 한마디쯤 해줘야 한다고 생각했다. 이를테면, 네 벽에 갇혔어도 때론 자유로웠다. 때론 견딜 만했다. 그런 말들. 하지만 그런데도 그가 시키는 대로 복창하고 허겁지겁 이곳을 벗어나고 있는 자신을 어떻게 변명할 것인가. 그는 다만 북으로 다시 끌려갈까 봐 주눅이 든 표정으로 시철에게서 재빨리 등을 돌렸다.

병사 두 명이 다가와서 천의 팔짱을 끼었다. 두 병사가 이끄는 대로 긴 복도를 걸어 들어갔다. 복도 끝으로 나오자 주차장이 드러나고 검은 승용차 한 대가 대기하고 있었다. 그에게 다시 검은 안대를 씌운 뒤, 차에 태웠다. 그런 뒤 오랫동안 달렸다.

"내리세요."

차에서 내리자 누군가가 그의 안대를 벗겼다. 양복 입은 사내들이 천을 에워쌌다. 남한 말씨의 사내들을 보자 다리에 힘이 풀렸다.

이제 정말 돌아온 것인가. 그 자리에 그는 주저앉고 말았다.

"일어나시지요."

사내들이 그를 일으키더니 대리석 건물 안으로 데려갔다. 인터뷰가 이어지고 사진 촬영이 끝난 뒤 그는 병원으로 이송되었다. 그런 뒤 사방이 하얗게 칠해진 네 벽에 다시 갇혔다. 그리고 또다시 심문이 시작되었다.

"왜 국경을 넘었습니까?"
"대한민국에 무슨 불만이 있었습니까?"
"북한을 동경했습니까?"
"거기서 살려고 작정했습니까?"
"어떤 임무를 가지고 돌아온 겁니까?"

구타는 없었지만, 질문은 시철에게서 받았던 내용과 희한하게도 똑같았다.

내일의 노래

내일의 노래

"He's dead!"

간수가 철창문 밖에서 말했다. 37명의 수감자들이 술렁거렸다. 노인이 들것에 들려 나간 지 하루 만이었다. 탈북자 몇 명은 고개를 저었고, 몇 명은 벽에 기대며 탄식했다. 려철이 벌떡 일어나더니 간수 앞으로 다가갔다.

"노인에게 데려다주세요!"

간수는 선뜻 대꾸하지 않았다. 40도 가까운 덥고 습한 기운에 숨이 막힐 듯했다. 노인을 보겠다고 려철이 거듭 소리쳤다. 두 대의 선풍기가 돌아가는 소리에 려철의 목소리가 묻혔다. 소리치다 지친 려철은 철창문에 기대어 흐느꼈다.

이윽고 려철은 수감자를 향해 몸을 돌렸다. 20여 평의 감방에 앉은 여러 나라의 수감자들이 려철을 올려다보았다.

"누가 노인을 죽였어?"

려철이 소리쳤다. 그 질문을 알아들을 수 있는 사람은 한국인인 나와 탈북자들과 조선족뿐이었다.

"Shut up!"

장발이 일어서며 덩달아 소리쳤다.

장발은 태국 치앙마이 구치소 부근에 산다는 남자였다. 그는 화가 나면 주먹부터 휘두르는 다혈질이었다. 려철은 장발의 눈을 쏘아보았다. 바로 당신이 노인을 죽였다고 말하는 듯한 눈빛이었다. 장발의 검은 얼굴이 일그러졌고, 두 사람의 분위기가 심상치 않았다. 나는 려철에게 다가가서 어깨를 감싸 안았다.

"간수가 곧 노인을 보게 해줄 거야."

내가 다독이며 려철을 제자리에 앉혔다. 그러자 장발은 욕을 퍼붓더니 바닥에 앉았다. 술렁이던 분위기가 가라앉고 긴 침묵이 흘렀다. 누구도 쉽게 그 침묵을 깨지 않았다.

'누가 노인을 죽게 했는가.'

려철의 그 질문이 칼날처럼 내 가슴을 찔렀다.

* * *

내가 이곳 태국의 치앙라이 구치소에 구금된 지 보름이 지났다. 한국에서 뮤지컬 사업을 하다가 부도를 맞고 도망쳐 온 신세였다. 한국 경찰의 범죄인 인도 요청으로 잡혀 나는 이곳에 갇히게 되었다.

려철 일행을 처음 본 것은 내가 이곳에 수감된 지 사흘 만이었다. 그때 려철 일행은 모두 12명이었다. 그중에는 열 살도 안 된 아이와 서너 살 아기를 등에 업은 여자도 있었다. 여자들은 우측의 여자동으로 들어갔고 남자 5명은 나와 같은 방으로 들어왔다. 남자들 중에는 열서너 살 된 남자아이도 끼어 있었다.

려철은 내 옆자리에 앉았다. 강철민입니다. 내가 먼저 자기소개를 하자, 그는 북한에서 나왔으며 서른일곱 살이라고 말했다. 마른 몸과 각진 얼굴, 거무스름한 낯빛과 눈 밑의 어둔 그림자가 탈북 후의 힘겨운 과정을 드러냈다. 나는 20대 때 압록강 쪽과 두만강 쪽을 거쳐 백두산 여행을 했던 기억이 떠올랐다. 그때 관광차에 태웠던 리미화라는 탈북자가 려철의 얼굴과 오버랩되면서 그가 오래전 알고 있던 사람처럼 애틋하게 느껴졌다. 다행히 려철의 눈빛과 표정은 밝았고 유머 넘치는 말솜씨 또한 좌중을 휘어잡을 만큼 유쾌했다. 무더위에 지친 수감자들은 려철의 이야기에 귀 기울이며 시간을 보냈다.

탈북자들은 이곳에서 재판을 받은 뒤 방콕 수용소로 가게 될 날을 손꼽아 기다렸다. 방콕 수용소에는 유엔 고등판무관이 나와 있다고 했다. 고등판무관에게 '난민' 판정을 받으면 한국이나 제3국으로 갈 수 있다는 기대로 부풀어 있었다. 그들은 탈북한 지 석 달 동안 세 번이나 지방 구치소를 옮겨 다닌 끝에 이곳 치앙라이 구치소에 수감되었다고 했다.

구치소 환경은 열악했다. 잠을 잘 때 발을 펴고 잘 수 없을 정도로 비좁았다. 변기도 4개밖에 없었다. 지독한 더위에 철창 밖에서는 24시간 선풍기를 돌렸다. 물도 문제였다. 마시는 물과 화장실 물을 함께 사용했다. 물이 맞지 않는 사람들은 얼굴이며 온몸에 피부병이 걸려 괴로워했다. 그래도 탈북자들의 표정은 밝았다. 죽도록 일을 시키는 북한 수용소에 비하면 이곳은 견딜 만하다고 했다.

려철의 옆에는 노인이 앉아 있었다. 노인은 몸에 욕창이 아주 심했다. 골반뼈 부근의 피부가 썩어서 화농이 가득 찼고 냄새도 지독했다. 드릴로 뼈를 깎는 것같이 아프다고 자주 중얼거렸다. 치료가 잘못되어서 욕창 안에 작은 벌레라도 생기면 끝이라고 려철이 걱정을 늘어놓았다. 의사가 일주일에 한 번씩 와서 치료를 해주었지만 금세 덧났다는 것이다. 소독을 제대로 하지 못하고 자주 씻지 못하니 당연한 결과였다. 하지만 노인은 아픈 내색을 하지 않으려고 입을 꽉 다물고 있었다. 일행과 끝까지 함께 움직이겠다고 고집을 피웠으므로 누구도 노인을 이곳에서 내보내지 못했다.

처음 려철을 만났을 때, 려철은 내가 한국인이라는 사실에 무척 반가워했다. 더군다나 나이도 한 살밖에 차이가 나지 않았다. 우리는 곧바로 친구가 되었고 말을 텄다. 나는 한국에서 도망쳐서 태국에서 고생한 이야기를 주로 했고, 려철은 압록강을 건너올 때의 이야기나 국경을 넘던 이야기를 들려주었다.

"압록강을 건너야 하는데 백 미터 간격으로 초병이 국경을 지키고 있는 거야. 포기하고 돌아서려는데 소나기가 눈앞을 가릴 정도로 퍼부었어. 그런데 국경 수비하던 병사가 비를 피하려고 막사로 뛰어 들어가는 것을 봤지. 그 틈을 타서 압록강을 부리나케 건넜던 거야. 그러니까 내겐 소나기가 은인이었어."

려철이 북한에서 중국으로 건너가서 이곳까지 오게 된 이야기를 들을 때면 오금이 다 저렸다. 함께 온 탈북자들도 려철의 이야기를 귀담아들었다. 같이 겪었던 일인데도 처음 듣는 경험담인 것처럼 진지했다. 며칠 동안 국경을 넘기 위해 걷는 동안 그들은 아이들의 무리를 만났다고 했다. 려철이 그 아이들 이야기를 꺼내자 탈북자들 모두 입가에 따스한 미소를 지었다. 국적을 알 수 없는 아이들이 려철 일행을 보고 어찌나 해맑게 웃으며 손을 흔들어주던지, 지금도 그 장면이 눈에 선하다고 했다.

 려철의 이야기가 끝나자 탈북자들은 깊은 안도의 숨을 내쉬었다. 힘든 여정을 거쳐 마침내 이곳에 도착했다는 사실이 한없이 대견하고 기쁜 표정이었다.

 시간이 지날수록 노인의 욕창은 더 악화되었다. 걸음을 떼는 일도 힘겨워 보였다. 려철과 탈북자들은 노인의 옆에 바짝 붙어 앉아서 거즈를 갈아주고 욕창 부위에 연신 부채질을 해주었다. 오한이 드는지 자주 몸을 떨었고 열이 난다고 했다. 려철은 먹을 물을 떠다 주거나 한 번이라도 더 씻게 해주려고 화장실을 드나들었다.

 "죽기를 각오하고 여기까지 왔으니 한국에 같이 가야죠."

 려철은 노인이 힘들어할 때마다 그렇게 위로했다.

 "그래야지, 꼭 가야지. 아무리 아파도 꼭 같이 갈 거야."

 노인은 통증으로 일그러진 얼굴에 미소를 보이려고 애썼다.

 "치료가 우선이야. 치료부터 받게 해. 한국 가봐야 사람 사는 덴 다 똑같아. 나처럼 한국에서 태국까지 도망친 사람도 있잖아."

 노인이 딱해서 나는 려철에게 말했다.

 "당신은 사업이 망해서 도망친 거지, 한국이 당신을 괴롭혀서 나온 건 아니지."

"어쨌든 나처럼 당신들도 조국을 버리고 도망친 건 맞지."

"우리한테 도망자라고 막말하지 마. 당신들도 북한에서 살아봤다면 그렇게 함부로 말하진 못할 거야."

려철이 대뜸 화를 냈다.

려철은 함께 온 열세 살 난 아이의 팔을 보여주었다. 죄수복에 가려졌던 팔은 피부색이 군데군데 멍들거나 시커멓게 보였다. 영양이 엉망이어서 피부병 같은 것이 온몸을 덮었다고 했다. 아이는 멍자국이 부끄러운 듯 얼른 회색 옷을 내려서 팔을 덮었다.

"북한이 어떤 곳인지도 모르면 함부로 떠들지 마."

조국에서 도망쳤다는 내 말에 려철은 좀처럼 울분을 삭이지 못한 듯 한마디 더 뱉었다. 나는 달리 대꾸할 말이 떠오르지 않아서 천장 아래 붙은 작은 창문을 올려다보았다. 창문으로 거무스름한 것이 일렁거렸다. 나는 한사코 그것이 햇빛 조각이라고 여기고 싶었다.

* * *

구치소 천장의 모서리마다 도마뱀이 붙어 있었다. 도마뱀 모양의 스티커를 붙인 것처럼 한자리에서 꼼짝도 하지 않는 도마뱀도 있었다. 벽면이며 천장에 붙은 그것들은 손바닥만 한 것에서부터 새끼손가락만 한 것까지 크기도, 모양도 제각각이었다. 눈에 띄지 않으려고 꼼짝도 하지 않고 천장에 달라붙어 있는 도마뱀은 구치소에서 시간이 가기만을 기다리고 있는 탈북자 같았다. 그래도 도마뱀이라도 있어서 눈요기가 되었다. 간혹 이리저리 움직이는 도마뱀도 보였다. 그런 도마뱀들을 보고 있으면 시간이 잘 갔다. 도마뱀이 움직이면 어디로 가는지 궁금해서 눈을 떼지 못했다. 아침에 눈을 뜨면 도마뱀이 이불 속에서 나와 함께 자고 있는 적도 있었다. 그런 아침이면 어린 딸 유나를 데리고 한 이불 속에서 잔 뒤처럼 마음이 애틋했다.

한가한 낮 시간이면 베트남과 태국 사람들이 수첩을 들고 내게 다가왔다. 그들은 한국말을 가르쳐 달라고 부탁했다. 태국 경찰들이 한국말로 밥 먹자든지 안녕하세요, 라는 인사를 하는 것을 보고 자기들도 한국말을 배우고 싶다고 졸랐다. 내가 그들이 원하는 것을 통역해 주자 려철은 웃으며 그들을 가르치기 시작했다. 려철이 단어를 가르칠 때마다 탈북자들은 웃음을 참지 못했다.

려철은 '모습'이란 단어를 '꼬라지'라고 가르치고 '죽다'를 '뒈지다'로, '눈'을 '눈깔'로, '입'을 '주둥이'로 가르쳤다. 그러면서 탈북자들에게 눈을 꿈쩍거려 보이며 웃었다. 무더위에 지쳐서 늘어졌던 탈북자들은 려철의 말장난에 같이 웃었다.

"문장으로 가르쳐줘. 대가리가 아픕니까? 주둥이가 나왔습니까? 꼬라지가 아름답습니다. 이렇게 말이야."

나는 한 수 더 떴다.

외국인들은 탈북자들이 왜 웃는지도 모르고 따라 웃으면서 열심히 단어를 외웠다. 단어를 수첩에 받아 적은 뒤 밤새 소리 내어 연습했다. 단어를 외는 소리를 들으며 탈북자들은 웃음을 참느라 배를 움켜쥐었다. 노인도 모처럼 소리 내어 웃었다. 다음 날 려철은 어제 가르친 단어가 사실과 다르다고 사과한 뒤 그제야 제대로 가르쳐주었다.

비가 쏟아지는 소리가 구치소 담장 너머로 들려왔다. 빗소리를 듣고 싶어서 환장하던 찰나였다. 빗소리를 들으면 더러운 것이 깨끗이 씻어지고 있는 것같이 느껴졌다. 과거의 잘못된 일들도 빗소리에 씻겼다. 가족에게 지은 죄도 씻겼다. 처갓집을 담보로 빌린 빚까지 다 날리자 아내는 이혼을 통보했다. 그런 뒤 유나를 데리고 집을 나갔다. 그런 지난 일들도 빗소리에 씻겼다. 하지만 빗소리는 환청일 뿐이었다. 구치소에서 듣는 소리는 대체로 환청이었던 것이다.

그나마 다행인 것은 한 주에 한 번씩 햇볕을 쪼이도록 감방에서 내보내 준다는 점이었다. 나는 주로 운동장에 쭈그리고 앉아서 풀들을 손으로 쥐어뜯거나 농구공을 농구대에 넣으며 시간을 보냈다.

장발은 공중전화기를 곧잘 사용했다. 전화 내용을 몰래 들어보면 주로 아버지에게 욕하는 것이었다. 아버지가 어디에 있는지 묻고 아직도 못 찾았느냐고 화를 냈다. 찾기만 하면 바로 연락하라고 당부하는 말도 엿들었다. 아버지를 찾으면 가만두지 않겠다고 전해 달라고 큰소리친 뒤 장발은 통화를 끝냈다. 매번 통화내용은 똑같았다.

려철은 감방에서 외출하는 날이면 슈퍼에 가서 노인에게 줄 음식을 샀다. 다른 탈북자들은 여자 방에 넣어주려고 과자나 과일을 샀다.

수감생활은 대체로 지루하게 이어졌다. 시간이 지날수록 옆 사람과 시비가 붙는 일도 잦았다. 사소하게 시작된 말싸움이 길게 이어졌다. 그때마다 장발이 질서를 잡았다. 장발은 간수들의 감시가 느슨한 틈을 타서 마리화나를 말아서 피웠다. 환각상태에 빠지면 큰 눈을 굴리면서 머리를 왼쪽이나 오른쪽으로 기울였다. 그때마다 목에서 뚝뚝 소리가 났다. 그럴 때 장발과 눈을 마주치면 섬뜩해서 나는 얼른 시선을 돌려야 했다.

장발의 주머니에는 늘 헝겊 뭉치가 들어 있었다. 그는 가끔 그것을 꺼내 들고 장난을 쳤다. 한번은 장발이 헝겊 속에 든 것을 꺼내다가 도로 넣는 것을 목격한 적이 있었다. 그것은 분명 거울조각이었다. 어디서 구했는지 알 수 없지만 무기가 될 수 있겠다 싶었다. 수감자들끼리 시비가 붙으면 장발은 헝겊 뭉치를 주머니에서 꺼낼 때가 많았다. 그때마다 섬뜩하도록 날카로운 장발의 눈빛에 소름이 돋았다.

장발이 거울조각을 가지고 있다는 사실을 간수에게 말할까 하고 나는 몇 번이나 망설였다. 하지만 결국 내가 언제 출소할지 모르는 상황이니 말을 아끼기로 결심했다. 섣부르게 간수에게 일러바쳤다가 나중에 장발에게 보복이라도 당한다면 한국으로 돌아가는 길이 더욱 힘들어질 것 같았다.

려철은 시인이라고 했다. 나 역시 뮤지컬을 제작할 때 늘 시를 염두에 두었다. 뮤지컬을 무대에 올리는 데 6개월이 걸렸는데 인건비도 감당하기 어려웠다. 게다가 광고비도 만만찮았다. 결과는 처참했다. 대중에게 먹혀들지 않아서 한 달도 못 채우고 뮤지컬을 내려야 했다.

"아, 안됐네. 다음엔 헐값에 제작해서 무대에 올려."

"천만에. 다신 뮤지컬 제작 안 해. 요샌 관객들이 자극적인 것만 보러 쫓아다니는데 내가 망할 짓을 했지. 좋은 시를 한 편이라도 더 알리겠다고 환장하고 덤벼들었으니. 자본주의는 갈수록 사람을 돈의 노예로 만들고 있어. 가진 사람은 더 가지려 하고 없는 사람은 돈, 돈 하며 살고. 이런 세상에 재미없는 뮤지컬을 올린 내가 멍텅구리지."

"그래도 하고 싶은 거 다 해보고 망했으니 소원은 없겠어."

"그렇긴 하지."

려철과 이야기를 나누며 웃고 있는데 등 뒤에서 난데없는 울음소리가 들렸다. 돌아보니 장발이 벽에 기대어 어깨를 들썩거리며 울고 있었다. 그의 옆자리에 앉은 베트남 사람이 손가락으로 장발의 머리가 살짝 돌았다는 표시를 했다. 하지만 다른 사람들은 장발이 우는 것에 별다른 관심을 보이지 않았다. 답답해서 울음을 터뜨리는 사람들이 가끔 있었기 때문이었다. 장발의 울음소리가 오랫동안 이어졌다. 습하고 무더운 공기 위로 끈적끈적하게 울음소리가 떠다녔다.

"그리워서 그래. 누군가가 그리워서."

려철이 내게 소곤댔다.

"그리워서?"

하긴 나 역시 어머니와 유나가 보고 싶어서 벽에 기대고 울었던 적이 많았다. 아내는 나를 원망하고 있겠지만 열 살짜리 유나와 어머니는 실종된 나 때문에 큰 상처를 받았을 것이다. 구치소에 있는 사람들 역시 누군가가 그리워서 한 번씩은 다 울어봤을 것이다. 탈북자들도 북에 두고 온 가족과는 사별처럼 혹독한 이별을 했으니 얼마나 많이 속울음을 울었을까 싶었다. 가슴이 뻐근해졌다. 공연히 고개를 들어 천장과 벽을 기어 다니는 도마뱀들을 올려다보았다. 도마뱀도 쉭쉭거리며 울고 다니는 것 같았다. 장발의 울음소리를 뚫고 미래에 대한 막막한 불안이 끼어드는 것을 느꼈다. 그것은 화분에 심어 놓은 화초가 자라나듯 소리 없이 조용히 자라고 있는 불안이었다.

"그만 울어. 시끄러!"

나는 장발에게 다가가서 말했다. 그런 뒤 태국으로 와서 오랫동안 도피생활을 하면서 배운 태국말을 동원해서 장발을 위로해 주려고 애썼다. 이윽고 장발이 고개를 들어 나를 보았다. 눈물이 번진 장발의 얼굴에는 슬픔보다 분노가 가득했다. 욕을 퍼부을 듯 입술은 앞으로 내밀고 있었고 나를 노려보는 두 눈은 실핏줄이 터져 충혈되어 있었다. 나는 한 발 뒤로 물러서서 내 자리로 돌아왔다.

벽에 기대자 나는 장발에게서 봤던 분노의 표정이 낯익다는 것을 알았다. 그것은 뮤지컬이 망한 직후 거울에서 보았던 내 얼굴과

흡사했던 것이다. 뮤지컬이 상영되었던 공연장은 주간 단위로 수익을 정산해서 흥행을 계산했다. 뮤지컬이 흥행에 실패했다는 이유로 이른바 '솎아내기'를 당했을 때의 분노에 찬 내 얼굴이 떠올랐다.

려철에게 내 지난 이야기를 들려주었다. 특히 내 분노에 대해 털어놓았다. 그러자 려철이 고개를 끄덕이며 웃었다.

"분노에 대해서라면 나도 할 말이 많아. 어느 날 난 신고를 당했거든."

려철이 말했다.

"보위원이 찾아왔지. 그때 어디에다 화를 내야 할지 난감했어. 내 시를 읽고 보위부에 고자질한 친구에게 화를 내야 할지, 아니면 나를 잡으러 온 보위원에게 화를 내야 할지, 아니면 그 시를 문제 삼은 당에 화를 내야 할지. 어쨌든 난 억울했어. 어느 날 내 손에 들어온 남조선 시집 하나가 문제였거든. 그 시집은 온 가족이 한꺼번에 탈북한 옆집에 있던 거였어. 그 집 마루 밑에 있던 것을 우연히 주워서 본 나는 깜짝 놀랐어. 그때까지 내가 쓰던 시와는 딴판이었으니까. 뭐 이런 것도 시란 말이야? 그런 생각이 들더라니까. 그 시를 읽는 것은 『죄와 벌』을 몰래 읽으면서 필사할 때의 기분하고 비슷했어. 그래서 그걸 흉내 내서 한번 써봤던 거야."

려철이 한숨을 내쉬었다.

"그런데 그렇게 쓴 시를 친구가 보고 신고한 거야. 내가 새로 창작한 것도 아니고 그저 흉내만 내본 건데 말이야. 그래도 정치범 수용소로 끌려가지 않고 노동혁명화 사업에 끌려간 게 다행이지. 그저 베낀 거란 말을 들어줬으니 하늘이 도운 거야."

나는 고개를 끄덕였다.

"거기서 평양에서 추방당한 저 노인을 만났던 거고."

려철이 노인을 가리키며 말했다. 우리의 말을 유심히 듣고 있던 노인은 덩달아 이야기보따리를 풀어내기 시작했다.

"나도 이상한 일에 걸려들었어. 어느 날 보위부가 우리 가족을 몽땅 지프차에 실었어. 우린 그런 식으로 추방당했어."

"추방이오?"

추방이란 단어가 낯설어서 내가 물었다.

"추방된 이유가 뭔지 알아? 우리 아버지가 조국해방전쟁의 전사자가 아니라 월남자라는 것이 삼십여 년 만에 밝혀졌다는 거야. 그래서 졸지에 평양에 살던 우리 가족을 몽땅 실어다가 광산 마을에 내려놓더란 말이지. 그때 내 심정이 어땠겠나?"

노인의 이야기를 듣고 있는데 담배연기가 눈앞을 가렸다. 돌아보니 긴 울음을 그친 장발이 간수가 없는 틈을 타서 마리화나를 피우고 있었다. 누구도 그를 제지하는 사람이 없었다. 하도 난폭해서 이 좁은 감방에서 또 하나의 권력으로 군림하고 있었다. 누구도 그의 난폭함에 대항하지 않았고 어떤 짓을 해도 이의를 제기하지 못했다. 그를 두려워하며 모른 척하는 동안 그의 횡포는 나날이 심해졌다. 그와 눈이 마주칠까 봐 두려워서 나는 얼른 노인의 이야기를 진지하게 듣고 있는 려철에게로 시선을 돌렸다.

"한국 가면 시를 실컷 써야지."

려철이 노인의 말을 끊으며 말머리를 돌렸다.

"난 한국에 돌아가면 시 따윈 쳐다보지도 않을 거야. 시를 써서 돈이 되나, 밥이 되나. 한국 가서 시 쓰겠단 시시한 말은 뭘 모르니까 하는 소리지."

"그래도 한국 가면 제일 해보고 싶은 게 바로 시시하기 짝이 없게 사는 거야. 누구 간섭도 받지 않고, 시를 쓰면서 그렇게 살 수 있다면 뭘 바라겠어?"

자본주의사회가 얼마나 아등바등 살아야 되는 곳인지 모르고 하는 말이라고 충고해 주고 싶었지만 나는 그렇게 말하지 않았다. 하긴 아등바등 살다 가는 것이 인생인지도 모를 일이니까. 더군다나 시를 쓰겠다고 말하는 려철의 얼굴에는 모처럼 붉은 생기가 피어나고 있었으니까.

* * *

노인 때문에 눈살을 찌푸리는 사람이 늘어갔다. 노인은 화장실 가는 것이 힘겨워지자 앉은 자리에서 오줌을 지리는 일도 생겼다. 그뿐만이 아니었다. 식사시간도 문제였다. 려철이 노인부터 밥을 먹게 해주려 하자 불평하는 외국인이 늘어갔다.

"왜 저 노인에게 모든 걸 양보하란 말이야? 여기서 시체 치울 건가? 병원에 입원시켜야지 언제까지 방치할 거야."

외국인들이 노골적으로 노인을 귀찮아하며 떠들었다. 나는 그들이 떠드는 외국말을 탈북자들에게 일일이 통역해 주지는 않았다. 노인에게 온갖 것을 배려하다가 이 구치소에서 나갈 날짜마저 양보해야 할지 모른다고 투덜대는 외국인도 있었지만 그 말도 통역해 주지 않았다. 그 사실을 안다고 해도 달라지는 것은 없을 터였다. 어차피 노인은 려철의 일행과 떨어지지 않겠다고 버틸 것이 분명했다.

저녁이 되면 노인은 더욱 쓸쓸해 보였다. 내가 옆에 다가앉으면 북한에서 살던 이야기를 하염없이 늘어놓았다.

"광산으로 추방당하는 바람에 죽을 지경이었어. 그러다가 돈을 좀 쥐어보려고 틈틈이 구리 파철을 중국으로 빼돌리는 일을 했어.

마을을 돌면서 구해 온 구리 파철을 바구니에 담고 그 위에 빨래로 덮어서 강에 갔어. 내가 있던 데는 강폭이 좁고 중국과 공동수면이거든. 눈을 피해 구리 파철이 든 바구니를 돈이 든 중국 바구니와 슬쩍 바꿨지. 그 짓을 하다가 들키는 바람에 중국으로 도망쳤던 거야. 내 아들은 일찌감치 병들어서 죽고 집사람하고도 헤어졌지."

노인이 숨을 몰아쉬었다. 려철은 노인의 손을 잡았다.

노인이 먼저 탈북한 뒤 중국에서 밀무역을 할 때 국경 부근에 살던 려철을 많이 도와주었다고 했다. 려철의 탈북 비용도 전적으로 노인이 마련해 주었다는 것이다. 려철은 한국에 가면 지금껏 노인에게 받은 은혜를 다 갚을 것이라고 거듭 말했다.

"한국 가면 그렇게 부르고 싶어 했던 노래나 실컷 불러요."

려철이 말했다.

"그럴 수만 있다면 얼마나 좋겠어?"

"젊었을 땐 평양 선동대에서 예능인으로 노래를 불렀다면서요?"

"추방되기 전엔 그랬지. 하지만 내가 부르고 싶은 노랜 그런 게 아니었어. 내 노래를 부르고 싶었지. 젊었을 땐 내가 만든 노래가 어찌나 부르고 싶던지. 동굴에라도 들어가서 밤새 노래를 부르고 싶었어. 언젠가는 내가 만든 노래를 마음껏 부를 날이 있을 줄 알았어. 누구한테든 내 노래를 들려줄 날이 올 거라고 믿고 살았어."

려철이 고개를 끄덕였다.

"선동대에서 부르던 노래를 지금까지 부르고 살았다면 지금쯤 난 아마 돌아버렸을 거야."

노인의 이야기는 끝없이 이어졌다. 밤이 되어 소등한 뒤에도 노인은 지난 이야기를 계속했다.

"우리 동네에 커다란 느티나무가 있었어. 그 옆에는 정자가 있었고. 비가 오면 난 그 정자에 올라가서 노래를 부르는 게 좋았어. 어머니와 함께 잘 부르던 노랜데 한번 들어보겠나?"

노인은 작은 소리로 노래를 시작했다.

어머님 계신 곳은 감나무 우거진 곳…….
올해도 주렁주렁 붉은 감 열린 곳…….
떠나온 고향 길은 멀고도 가까워…….
그리운 어머님께 문안을 드립니다.

노인이 부르는 노랫소리가 봄비처럼 가슴에 스며들었다. 새벽이 올 때까지 노래 부르는 소리는 그치지 않았다.

"Shut up!"

장발이 소리쳤다. 려철도 노인에게 조용히 하라고 부탁했다. 노인은 아랑곳하지 않고 계속 노래를 흥얼댔다. 마치 노래 부르기를 스스로 통제할 수 없어진 것처럼.

그때 어둠 속에서 장발이 일어나는 것이 희미하게 보였다. 장발은 노인의 앞으로 다가왔다. 누가 말릴 사이도 없었다. 장발은 커다란 검은 손으로 노인의 입을 막았다. 노인의 옆에 있던 려철이 달려들어 장발을 노인에게서 떼어냈다. 노인이 캑캑거리며 가쁜 기침을 쏟아냈다.

* * *

노인이 밤새 앓았다. 오한이 드는지 떨었고 열이 심했다. 노인에게 내 자리를 주고 편히 눕도록 했다. 옆에 앉은 중국인이 자신의 자리가 좁아졌다고 투덜거렸다. 가뜩이나 덥고 습해서 뒤척이는데 노인의 신음 때문에 한숨도 못 잤다고 얼굴을 일그러뜨리는 외국인도 있었다. 오늘 의사가 오는 날이니 조금만 참으라고 내가 말했다. 탈북자들은 모두 노인 주위로 모여들어서 노인을 간병했다. 두세 명이 번갈아 가며 노인의 몸을 이리저리 움직여주며 통풍을 시키려고 부채질을 했다.

간수가 들어와서 노인의 병세를 살피더니 놀랐다. 이 지경까지 참아온 노인과 노인을 방치한 탈북자들에게 화를 냈다. 의사가 오면 곧바로 병원으로 옮기겠다고 말하고 나갔다.

그러나 의사가 진료를 오기 전에 문제가 생겼다.

노인이 화장실에 다녀오다가 바닥에 나뒹군 것이다. 뼈가 부서진 것인지 꼼짝도 못했다. 노인은 거의 1초 간격으로 아프다고 비명을 질렀다.

노인이 넘어진 것은 장발이 화장실에서 나오던 노인의 발을 걸어서 넘어뜨린 때문이었다. 그런데 누구도 선뜻 그 사실을 간수에게 말하지 못했다. 장발의 눈에 살기가 어려 있었던 것이다. 간수는 누구 짓인지 조사하겠다고 으름장을 놓은 뒤 들것을 가지러 급히 밖으로 나갔다.

간수가 들것을 가지러 밖으로 나간 사이 려철은 장발에게로 다가갔다. 왜 발을 걸었냐고 따졌다. 병원으로 보내려고 그랬다고 장발이 대꾸했다. 내가 그 말을 려철에게 통역해 주자 려철은 장발을 벽으로 밀었다. 장발은 바닥에 주저앉았고 려철은 장발의 몸 위에 올라탔다. 려철을 장발에게서 떼어내려 했지만 소용없었다. 장발과 려철이 뒤엉켜 주먹이 오갔다. 그러자 탈북자들이 가세했고 장발 편을 들던 다른 수감자들과 탈북자들 사이에 대번에 패싸움이 벌어졌다.

"그만해. 제발······."

노인은 혼신의 힘을 다해서 그만하라고 말했다. 평소에도 노인은 탈북자들이 싸움에 휘말릴까 봐 걱정했다. 싸움 때문에 벌을 받아서 한 달 만에 나갈 것을 두 달 후에도 못 나갈 수 있다고 노심초사했다.

"다시 북한으로 끌려가고 싶어?"

노인은 외치고 있었지만 소리는 비명처럼 들렸다. 하지만 그것이 노인이 한 마지막 말이었다. 노인은 그 말을 끝으로 실신한 것처럼 고개가 왼쪽으로 꺾이더니 더 이상 움직이지 못했다. 뒤늦게 들것을 들고 온 간수가 노인을 실었다. 들것에 실려 나가는 노인의 얼굴이 시체처럼 창백했다.

그렇게 꼬박 하루가 지났다.

노인의 소식을 궁금해하고 있을 때 간수가 '히즈 데드!'라고 노인의 죽음을 알려 주었다. 노인이 넘어질 때 엉덩이뼈가 다 부서졌다고 했다. 그것이 죽음의 직접적인 원인은 아니라고 했다. 가뜩이나 욕창으로 쇠약해 있던 노인은 극심한 스트레스를 받아 심장마비로 사망했다는 것이다.

노인이 죽었다는 소식을 들은 려철이 오열하며 울었다. 노인을 죽게 만든 것이 누구냐고 소리치며 울기를 반복했다.

"국경 부근을 헤매고 다닐 때 노인이 말했어. 중국에 숨어 살면서 모았던 전 재산을 털어서 브로커를 샀고 경비로 썼다고. 우리가 함께 이곳까지 오게 하려고 최선을 다했던 거야. 노인이 마지막에 가지고 있던 것은 티끌 하나 없었어. 그렇게 함께 한국에 가겠다고 죽을힘을 다해 버텼는데."

그러나 나는 려철에게 말했다.

"노인을 죽게 한 것은 여기 있는 누구의 탓이 아니야. 여기까지 오게 만든 당신 조국에 책임이 있는 거야."

려철이 내 말에 고개를 숙였다. 나는 려철에게서 물러나서 벽을 향해 돌아앉았다. 벽에는 여러 낙서가 어지럽게 씌어 있었다. 해독할 수 없는 외국어들 틈에 간혹 한국어가 섞여 있었다.

'가는 길 험난해도 웃으며 가자……. 동포여, 나 먼저 간다. 희망을 찾아 끝까지……. 어머니…….'

그런 구절이 눈에 들어왔다. 그때 붉은 글씨가 보였다. 숨이 턱 막혔다.

'노래를 부르고 싶다. 노래를…….'

노인이 늘 하던 말이었다. 노인은 손가락을 물어뜯어서 이곳 구치소의 벽에 마지막 말을 남긴 것이다. 노래를 부르고 싶다고. 붉은 피가 노인이 부르지 못한 노래를 부르고 있는 것만 같았다.

* * *

나는 한국으로 돌아가라는 통보를 받았다. 그래서 집으로 전화를 걸었다.

"거기서 그냥 뒈져버려."

그것이 아내가 내게 한 말의 전부였다. 집 사정이 그렇다고 해도 며칠 후면 구치소에서 나가야만 했다. 내 사정을 려철에게 털어놓았다.

"그곳은 지금 한겨울이지? 그런데 한여름 옷을 입고 가면 도착해서 갈아입을 옷은 있어?"

나는 고개를 저었다. 려철이 노인의 죽음으로 온종일 울적해 있으면서도 나를 챙기는 것에 울컥했다. 갈아입을 옷도, 옷을 가져올 사람도, 옷을 살 돈도 없었다. 한여름 옷을 입고 한겨울의 한국 공항을 서성거릴 생각을 하자 내가 맞이할 현실이 막막했다.

"내 걱정일랑은 붙잡아매 둬."

나는 큰소리치며 돌아누웠다.

아침 일찍 려철이 내게 무언가 내밀었다. 하나는 꼬깃꼬깃한 돈이고 다른 하나는 려철이 직접 쓴 시였다.

"이 돈은 여기 탈북자들이 한국으로 가는 동무를 위해 한 푼 두 푼 내놓은 거야. 가는 길에 따뜻한 옷을 사 입고 들어가라고."

"아니, 벼룩의 간을 빼먹지 내가 어찌……."

"우리가 벼룩이란 말이야?"

려철의 말에 탈북자들이 웃었고 나는 그 돈을 받았다. 차마 그들 앞에 고개를 들기가 부끄러웠다. 나는 려철이 준 종이를 펴보았다. 연필로 삐뚤빼뚤 적힌 시가 적혀 있었다.

"밤새 써본 거야. 내 시부터 한국으로 먼저 내보내는 거지."

나는 그가 준 돈과 시를 받아들었다.

드디어 내일이면 이곳에서 나가는 날이다.

하지만 려철과 장발은 노인이 죽은 뒤 더 자주 싸웠다. 장발은 노인에게 발을 걸어서 넘어뜨린 혐의로 불려나가서 한나절 조사를 받고 들어왔다. 구치소에서 장발에게 어떤 판결을 내렸는지 알 수 없었다. 하지만 불려나갔다가 돌아온 뒤 장발의 눈빛은 더 사나워져 있었다. 장발은 내게 막말을 하기도 했다. 노인이 죽은 것이 속시원하다고. 려철이 장발의 말을 못 알아들어서 천만다행이었다.

"노인을 보면 나를 괴롭히던 아버지 생각이 나서 싫었어."

장발이 변명처럼 내게 덧붙여 말했다. 아버지가 늘 가족들을 폭행해서 아버지를 저주했고 그런 아버지로 인해 범죄의 길을 걷게 되었다고 고백했다. 복수하려고 했을 때 아버지는 어디론가 사라졌으며 아직 돌아오지 않고 있다는 것이다.

하지만 나는 그런 장발의 변명을 듣는 동안 노인이 더욱 불쌍하게 여겨졌다. 노인과 장발의 아버지는 아무런 상관이 없는 사이가 아닌가. 그런데도 장발은 아버지에 대한 분노를 노인에게 풀었다고 했다. 그것은 노인으로서는 억울하기 짝이 없는 일이었다. 마치 노인이 북한에서 태어났다는 이유만으로 태국의 한 구치소에서 어처구니없이 죽어간 것과 다를 바 없이 억울하기 짝이 없는 일이었.

려철은 노인이 부르던 노래를 흥얼거렸다. 내가 그만두라고 말려도 아랑곳하지 않았다. 자신도 모르게 노래가 입 밖으로 나온다고 했다. 노인에 대한 추모를 그렇게라도 하고 싶어 했다. 그런 려철의 마음을 나는 알 것 같았다.

>어머님 계신 곳은 감나무 우거진 곳······.
>올해도 주렁주렁 붉은 감 열린 곳······.
>떠나온 고향 길은 멀고도 가까워······.
>그리운 어머님께 문안을 드립니다.

장발이 려철에게 그만두라고 자꾸만 소리쳤다. 장발의 눈동자는 실핏줄이 다 터져 있었다. 또 몇 대의 마리화나를 피운 것 같았다. 려철은 장발의 말을 무시했고 노래를 그치지 않았다. 장발의 얼굴이 분노로 점점 더 시뻘겋게 변했다. 나는 려철에게 제발 조용히 하라고 사정했다. 장발의 표정이 무시무시했던 것이다. 려철은 나를 보면서 싱긋 웃었다.

"누구도 노인의 노래를 멈추게 할 수는 없어."

려철이 내게 말했다. 그런 뒤 장발이 노인에게 저질렀던 폭력에 항의하듯 노인이 부르던 노래를 이어갔다. 려철의 노랫소리는 더욱 커졌다. 노인에게 빙의된 듯 노인의 목소리 그대로였다. 노래 속에 노인의 한과 피가 섞여서 피비린내가 구치소 안에 가득 풍기는 듯했다.

모두 려철과 장발의 대결을 구경했다. 무덥고 습한 시간이 이어졌고 팽팽한 긴장이 무기력함을 깨뜨려주고 있었다. 려철의 목소리가 노인의 것과 너무도 똑같아서 나도 돌아버릴 것 같았다.

그때였다. 장발이 주머니에 든 헝겊을 꺼냈고 그 안에 든 거울 조각을 꺼냈다. 순식간에 려철에게 다가가더니 려철의 목에 거울 조각을 박았다. 아, 놀랄 사이도 없이 목에서 피가 솟구쳤.

나는 황망히 려철에게로 달려가서 려철의 목에 퍼지는 피를 지혈

했다. 탈북자들이 윗도리를 벗어서 려철의 목에 감았다.

 누군가 다급하게 간수를 불렀다. 간수가 철창문을 열고 뛰어 들어왔다. 간수는 피 흘리는 려철을 등에 업고 감방에서 나갔다. 또 다른 한 명의 간수가 들어와서 장발의 손에 수갑을 채우고 끌고 나갔다. 장발은 수감자들을 향해 웃은 뒤 간수를 따라 나갔다.

"강철민! 강철민 나와!"

 간수가 내 이름을 불렀다. 철창문을 열며 어서 나오라고 말했다. 출소였다. 탈북자들이 손뼉을 쳐주었다. 왈칵 눈물이 쏟아졌다. 탈북해서 석 달이 지났지만 노인의 죽음과 관련되어 아직 지방 구치소에 남아 있는 탈북자들을 두고 먼저 떠나는 것이 죄스러웠다. 그나마 다행인 것은 려철이 목숨만은 건졌다는 소식을 들은 것이었다.

 나는 탈북자들과 일일이 악수를 나눴다. 그리고 노인과 려철의 빈자리를 일별했다. 철창문 밖으로 나온 뒤 차마 내 출소를 부럽게 바라보고 있을 탈북자들을 돌아볼 수 없었다. ◆

작품 해설

| 작품 해설 |

국경을 넘어 동토에 뛰어들다

이승하(시인·중앙대 교수)

　남북관계가 도무지 호전될 것 같지 않다. 북한의 김정은 국방위원장은 한국도 미국도 자기 말을 안 들어주자 화난 아이처럼 2020년 6월 16일 개성공단 내 남북공동연락사무소를 폭파하였다. 이로써 김정은은 판문점선언과 9·19군사합의를 파기해 버렸다. 집권한 이래 지금까지 몇 차례, 몇 기의 미사일을 쏘아 올렸는지 헤아려 보기도 어렵다. 거의 매주 쏘아 올리는 것 같다. 미사일 한 기를 쏘아 올리는 데 준비 과정까지 합쳐 거의 억 단위가 들지 않을까 여겨지는데 북한의 경제사정은 지금 어떤가. 다른 건 다 차치하고라도 식량난이 보통 심각한 것이 아니라고 한다. 김정은은 한 나라의 지도자로서 북한 인민의 민생은 뒷전이고 저렇게 호전성을 드러내고 있다. 문제는 바로 그곳에 우리 동포가 살고 있다는 것이다. 1985년 9월부터 2018년 8월까지 총 21차례 남북한 이산가족의 상봉이 이루어졌지만 마지막 상봉 이후 4년 반이 지난 지금, 재개될 희망은 전혀 보이지 않는다.

문재인 대통령 시절인 2019년에 탈북어민 강제북송 사건이 있었다. 그때 남쪽에 와서 둥지를 튼 탈북자들은 무슨 생각을 했을까? 대한민국의 국민이 된 탈북자들이 3만 5천 명이 넘는다고 한다. 어떤 과정을 거쳐 북한을 탈출했는지, 각자 사연이 다를 테지만 어떻든 엄청난 숫자다. 왜 그들은 조국을, 고향을, 이웃을, 심지어 부모와 형제, 심지어 자식을 그곳에 두고 북한을 탈출했던 것일까?

남쪽의 문학인은 오랫동안 분단 이후의 북한 내부에 대해 알기가 어려웠다. 워낙 철저히 통제했기 때문에 북한 인민의 삶의 모습을 제대로 파악한다는 것은 불가능에 가까웠다. 그래서 TV 드라마 〈사랑의 불시착〉이나 〈공조〉 유의 영화를 보면 보는 내내 '설마'라는 내면의 목소리가 계속해서 들려왔다. 그런데 탈북자 중에 글을 쓰는 사람들이 나타났다. 장해성·이지명·도명학·김정애·설송아·김수진 등의 소설은 수준이 상당히 높음에도 불구하고 국내 문단에서는 별달리 관심을 갖지 않았다. 서평으로 다룬 문예지도 거의 없

없고 언론에서 다룬 적도 많지 않았다. 남쪽 사람들에게 휴전선 이
북의 땅은 관심 밖의 공간이기 때문이다. 러시아의 글라스노스트
와 페레스트로이카, 중국의 개혁·개방 물결이 옆 나라로 퍼져가도
북한만은 요지부동, 주체성을 부르짖으며 쇄국정책을 폈다.

탈북자들을 다룬 한 권의 소설집이 2012년 12월에 출간되었다.
박덕규는 소설집 『함께 있어도 외로움에 떠는 당신들』에서 탈북자
들의 파란 많았던 탈북의 과정, 그들의 복잡하고도 불안한 내면, 한
국 사회에 정착하는 과정, 고향과 식솔에 대한 사무치는 그리움 등
을 표현하였다. '북한 인권을 말하는 남북한 작가의 공동 소설집'도
2015, 2017, 2018, 2019년에 한 권씩 발간되었다. 그런데 2020년
6월 16일의 폭파가 그만 남북관계를 완전히 얼어붙게 했다. 통일
에 대한 그 어떤 논의도 할 수 없게 만든 남북공동연락사무소 폭발
이후 북한은 고립을 고집하면서 미사일 불꽃놀이를 사흘이 멀다
하고 벌이고 있는 중이다.

김미수 작가를 지면상으로 알게 된 것은 제1회 북한인권문학상
수상작품집을 통해서였다. 이번에 묶는 7편의 소설 중 제일 끝에
실려 있는 「내일의 노래」가 이 상의 대상 수상작으로, 강렬한 인상
을 받았다는 것을 먼저 말하고 싶다. 태국의 치앙라이 구치소에 구
금되어 있는 려철 등의 탈북자들과 한국 경찰의 범죄인 인도 요청

으로 이곳에 잡혀 있게 된 한국인 주인공, 그리고 태국인 깡패 장발이 주요 등장인물인데 특이한 공간 속의 특별한 이야기에 완전히 매료되고 말았다. 이런 소설을 쓰는 작가가 있었구나.

그런데 김미수 작가는 작년 1월에 펴낸 장편소설 『바람이 불어오는 날』에서 작품의 무대를 남한과 북한으로 삼는 일대 모험을 감행한 바 있다. 탈북자들의 일자리를 마련해 주겠다면서 공장 건설 자금을 잔뜩 모아서 사라진 탈북자 출신 사업가를 찾아 휴전선 너머 북한으로 잠입한 진보적 언론사의 북한 전문 기자가 거기서 맞닥뜨리는 일들을 생생하게 펼친 이 소설은 여러 가지 면에서 선구자적인 작품이었음에도 불구하고 언론과 문단의 반응을 끌어내지 못했다. 경색될 대로 경색된 남북한 관계가 작품에 대한 온당한 평가를 내리는 것을 주저케 했을 것이다. 작가는 권두에서 이런 말을 한다.

10여 년 전, 나는 두만강 압록강 너머로 북한의 낯선 풍경을 엿보면서 큰 충격을 받았다. 그 뒤 북한을 알고자 닥치는 대로 탈북민을 만나고 탈북민단체에서 활동하기도 했다. 북한 관련 자료를 몇 박스를 읽어도 도무지 성에 차지 않아서 대학원의 북한학 강의를 들으러 다녔다.

딱 한 편의 장편소설로 분단과 이산, 대립과 단절의 세월 70년을 다 담아낼 수는 없는 일이다. 작가는 내게 이런 말을 직접 들려주었다,

"2011년 5월에 한 통일포럼단체에서 기획한 압록강 2천 리 탐사에 따라나서게 되었습니다. 평안북도의 신의주시와 위화도, 의주시 어적도, 삭주군, 창선군 수풍댐, 자강도 만포시, 김형직시, 김정숙군, 중강진시, 양강도 혜산시와 보천군, 삼지연군, 백두산을 돌았지요. 버스와 배를 타고 가면서 북한의 실상을 생생히 목격했습니다."

소설가는 이래야 한다. 기자 출신 소설가 헤밍웨이처럼 발로 뛰어다니면서 보고 듣고 느끼고 해야지 소설을 쓸 수 있다. 물론 책상머리에 앉아서 소설을 쓰는 이도 있지만 사람과 사람 사이의 수많은 갈등을 다루는 존재가 소설가인 만큼, 현장 취재와 자료 발굴의 능력이 필요하다. 이것은 자질이나 재능의 영역이 아니다. 용기와 집념의 영역이다. 소설가는 국경 너머 북한 동포의 의식주를 살펴보았을 테고, 산천의 황폐함과 인민의 굶주림을 확인했을 것이다. 이제 7편 연작소설을 한 편씩 살펴보면서 이 소설집의 의의를 평가

해 볼까 한다.

제일 앞머리에 실려 있는 「음모가 있을 수 있습니다」는 압록강 탐사에 나선 한국인 관광객 25명 사이에 뛰어든 탈북 여인 리미화를 다룬 작품이다. 그날은 식당도 휴게실도 없어서 승객들은 도시락을 들고 각자 들판에 흩어져 식사를 할 수밖에 없었다. 나는 일행과 떨어져 소변을 보러 비탈로 내려서다가 작고 마른 여자와 충돌이 일어나 같이 나뒹구는데, 북한을 탈출해 중국에서 방황하고 있던 여인이었다. 중국 경찰(공안이라고 한다)에 잡혀가면 수용소에 갇히거나 총살당한다며 살려달라고 애걸해서 나는 그녀를 버스 제일 뒷좌석 바로 아래에 숨겨 준다. 그것도 모르고 일행은 버스에 다시 올라 여행을 하는 도중에 대화를 나누는데 모두 통일론자다. 모임을 주선한 회장(선글라스)이라는 사람은 "누가 뭐라 해도 통일은 반드시 되어야 합니다. 내가 이 탐사를 기획한 이유가 바로 그런 데 있어요." 하면서 일장 연설을 하고, 감동한 승객들은 박수를 치며 호응한다. 나와 친해진 소설가 천강우는 틈틈이 북한 주민들을 위해 기도하는 신앙인이다. 소설을 쓸 요량인지 밤늦도록 무언가 기록하기에 바쁘다. 내가 "뭐 하러 북한 사람들한테 관심을 가지고 그래요? 우리나라에도 길바닥에 박스 깔고 자는 사람들이 널렸는데." 하고 말하자 천은 나를 노려본다. 천은 여행 도중 이런 말까지 한 적이 있었다.

정말 너무 갑갑해. 강가에서 빨래하던 사람들과 이야기를 나누고 싶어서 미치겠더라니까. 당장이라도 바지를 둥둥 걷고 강을 건너서 그 사람들을 만날 수 있을 것 같았어. 그렇게만 된다면 얼마나 좋았겠어. 아무나 붙들고 하룻밤만 재워달라고 했을 텐데. 북한에 대해 내가 알고 있는 것이 사실입니까? 물어도 보고 말이야. 밤새 이야기를 나누고 나면 그제야 한 줄이라도 쓸 수 있을 것 같거든. 그렇지 않고는 아무래도 진실에서 비켜날 것 같단 말이지. 세팅되거나 각색된 것을 보고 와서 글을 쓴다는 건 참을 수 없는 일이야. 압록강만 건너면 사실을 대면할 수 있는데 차 안에서 바라만 봐야 한다니. 야, 애송이, 이번 여행에서 나 사라지면 강 건너간 줄 알아!

정의와 양심의 사도인 양 말하자 나는 크게 감동한다. 이들의 대화는 탈북자로 이어진다. "탈북자 만나면 당연히 도와야지." "중국에서 여권을 만들고 우리 비자를 받아 중국인 행세를 하면서 한국에 들어올 수 있다고 들었소." "몽골, 라오스, 태국 등의 육로로 들어가 제3국에서 난민 지위를 받게 할 수도 있다던데요."라고 하면서 탈북자를 만나면 도와주는 것이 우리가 해야 할 일이라고 그들은 이구동성으로 말한다. 평소 정의파였던 소설가 천이기에 나는 이 차 뒤에 탈북 여인이 숨어 있다는 쪽지를 그에게 준다. 공안이 탄 승용차가 이들을 계속 따라오고 있었기 때문이다. 이 쪽지는 선글라스에게, 다시 가이드에게 전해진다. 공안의 추적은 멈추지 않았고, 마침내 승객 전원이 버스 뒤쪽에 탈북 여성이 숨어 있다는 사실을 알게 된다. 다들 정의로운 입장에서 탁상공론을 하다가 난감한 현실에 맞닥뜨리게 된 것이다. 누군가 이 여성의 탑승에는 무슨 음모가 있을 수 있다고 하자 다들 '음모'라는 말에 전염이 된다. 여성은 이들의 설왕설래를 듣고는 버스 바닥에 무릎을 꿇고 호소한다.

내래, 북조선에서 넘어올 때 만 원에 팔려왔습니다. 공안에 잡혀 북조선에 가면 어머니도 저도 식구도 죽습네다. 제발 좀 살려만 주시라요.

공안이 버스를 계속 따라오는 이유가 이 버스 안에 탈북 여성이 타고 있을지 모른다는 의심 때문이라고 생각한 승객은 갑론을박하는데, 이 여성을 보호해 주지 않고 버스에서 내리게 하는 것으로 의견이 모인다. 이 여성과 함께 있는 것은 우리의 안전 여행에 방해된다는 이유에서였다. 이들은 여인을 길에 내버림으로써 안도한다. 일이 이렇게 되자 나는 특히 천에게 분노해 소리친다. "이런 나쁜 새끼. 기도는 뭐고 인권은 얻다 삶아 먹었어?" 하고 소리치자 천은 "그렇게 호락호락한 게 아냐. 여기 계신 분들 어떻게 처신하는지 잘 보고 배우라고. 저분들이 그러시잖아. 음모가 있을 수 있다고……."

 작가는 이 소설을 통해 우리가 북한 주민의 인권이나 탈북민의 처우에 대해 말하기는 쉽지만 그것이 현실로 다가왔을 때는 이들 승객처럼 '남의 일'로 간주하는 경향이 있음을 말해 주고 싶었던 것이리라. 요즘 젊은이들 사이에는 통일 비용을 운위하면서 내 삶에 대한 부담도 큰데 북한 사람들의 삶까지 돌봐야 한다면 통일은 안 하는 것이 낫다는 생각이 만연해 있다고 한다. 통일을 저해하는 것은 북한의 도발도 도발이지만 이런 우리들의 속마음에도 있지 않을까. 손익계산서를 따지면 통일은 참으로 부담이 큰 모험이다.

 「음모가 있을 수 있습니다」가 프롤로그격의 소설이라면 「이방인」부터 본격적인 이야기가 시작된다. 앞의 소설에서 이중인격적인 태도를 보였던 천이 이 소설부터는 주인공이 된다. 탈북자들을 돕는 일에 발 벗고 나선 한 목사의 주선으로 천도 그들을 돕게 되는데, 그 과정에서 탈북 여성인 정화를 소개받는다. 북한에 남편과 아이를 두고 단신 월남한 정화는 낮에는 식당에서 일하고 밤에는 학원에서 자신의 대학 때의 전공인 중국어를 가르치는 맹렬여성이다. 천과 정화는 보통 이상의 관계로 발전하는데, 어느 날 무슨 이유에선지 정화는 자신의 휴대폰을 놔두고 천의 눈앞에서 완전히 사라진다. 소설의 전반부에서는 화룡시, 무산시, 도문 등지를 여행하는 관광객의 여정을 소개하면서 천과 정화의 관계가 깊어져 가는 과정을 회상으로 다루고 있다.

천은 정화가 아이가 있는 북한으로 되돌아갔다고 생각하지만 정화의 휴대폰으로 북한의 남편이 전화를 해오고, 궁금증을 이길 수 없었던 천은 다시금 중국과 북한 국경지대 관광여행에 나서게 된 것이다. 그런데 무산시 아래 두만강 근처에서 천은 정화의 전화를 받는다. 이 장면은 이번 소설집 전체를 통해 가장 인상적인 장면이 아닌가 한다.

그때 휴대 전화가 울려댄다.
"정화에요."
정화의 남편이 아니라 정화에게 걸려온 전화라니. 천이 당황

한다.

"지금 어디에요?"

그는 아무 말도 하지 못한다. 갑자기 튀어나온 그녀의 북한식 억양이 문득 낯설다. 곧바로 그녀의 한숨소리가 들려온다. 그런 뒤 정화는 몇 번이나 여보세요, 라고 반복한다.

"정화? 당신 북한으로 건너간 건 아니지?"

비로소 천이 다급하게 묻는다. 전화의 통신상태가 좋지 않은지 그녀가 몇 마디 한 것 같은데 잘 알아들을 수 없다.

"믿을 수 없는 사람……."

정화는 천과 잠자리를 같이할 정도까지 관계가 발전하였지만 그것은 몸과 몸의 만남이었지 영혼의 만남은 아니었던 것이다. 정화가 남쪽에 와서 마음의 문을 연 첫 번째 남성이 천이었을 텐데 정화에게 천은 '믿을 수 없는 사람'이었다. 해설자는 이 장면이 아주 상징적으로 와 닿는다. 북한체제에 불만이 있어 다 버리고 왔지만 퇴폐 유흥업소라든가 2세들이 자기중심적이 되는 것을 보고 남한에 대해서도 실망한다는 것이다. '호의적'인 것이 '회의적'으로 바뀌어 가는 것이 정화 한 사람만일까. 그런데 천에게도 정화는 '믿을 수 없는 사람'이었다. 거짓말도 능청스럽게 하고 겉과 속의 일치를 잘 안 보여준다.

천은 두만강 부근에서 정화가 있을 법한 무산의 광산주택들을 쳐다보다가 벼랑에서 굴러떨어진다. 흡사 이상한 나라의 앨리스처럼 중국과 북한의 공동수면에 있다가 북한지역으로 눈 깜짝할 사이에 들어가고 만 것이었다. 그때 그가 갖고 있던 것은 지갑과 정화의 휴대폰뿐이었다. 대한민국에서 간 그는 중국에서도 북한에서도 이방인이었다.

세 번째 소설 「선택」에서는 두 명의 북한군에게 발각된 천의 목숨이 위태로워진다. 제대를 앞둔 민우는 방금 자신의 애인 '금이'의 탈북을 돕는다. 신참인 은철은 마지못해 이 일에 가담하지만 "금이 누님이 민우 동지의 애인만 아니었어도 내가 이 총으로 갈겨버렸을 겁니다. 조국 버리고 도망치는 것들은 모조리 죽여야 합니다."고 말한다. 두 사람은 천을 발견하고 이렇게 의견이 엇갈린다. 천을 '남조선에서 온 간첩'이라고 생각하는 은철은 두 북한군이 탈북자가 국경을 넘을 때 막기는커녕 방조하는 것을 이들의 대화를 통해 다 알게 되었으니 살려두면 안 된다고 생각한다. 민우는 한국에서 중국으로 관광 왔다가 산비탈에서 굴러떨어져 길을 잃고 헤매고 있었다는 천의 말을 믿는다. 천은 정화 얘기를 함으로써 목숨을 구할 방도를 찾는다. 세 사람의 대화 내용이 긴장감을 유발하면서도 재미있다. 말을 어떻게 하느냐에 따라서 한 사람의 생과 사가 결정되기 때문이다. 이런 대화 장면에서 독자는 김미수의 소설가로서의 능력을 확인할 수 있을 것이다.

"그 돈은 여자에게 주려고 가져온 돈입니다."

좀 과장된 말이지만 그렇게 돈의 사용처를 말했다. 여자 이야기가 그의 두 번째 카드인 셈이었다.

"여자?"

여자라는 말에 민우가 관심을 보였다. 은철은 두 손을 들어 X자를 만들었다. 그러면서 절대 속아 넘어가지 말라고 떠들었다.

"여자가 살던 마을이 저기 무산 광산주택입니다. 저 비탈 위에서 광산주택을 내려다보다가 그만 발을 헛디뎌서 두만강으로 굴러떨어진 겁니다."

"여자가 여기 광산주택에서 살았다고? 그럼 여자가 우리 공화국 사람이란 말이야?"

"네. 서울에 들어와서 살았는데 두 달 전에 사라졌습니다. 여자가 살던 고향이나마 먼발치에서 보고 싶었습니다. 그래서 두만강 관광을 무작정 따라나선 겁니다. 절대 다른 이유는 없습니다."

"사랑한 거야, 우리 공화국 에미나이를?"

"그럼요. 아주 많이."

"인물은 훤한 놈이 하는 짓은 머저리로구면."

남조선 침입자의 처리 문제를 두고 결론을 내리지 못하고 있을 때 소대장이 등장한다. 소대장도 민우와 비슷한 의견을 내비치자 은철은 한술 더 떠 자신이 알고 있는 소대장의 비리를 폭로하겠다고 협박까지 한다. 흥분한 은철이를 소대장이 막사로 끌고 가자 남은 민우는 천에게 옷을 바꿔 입자고 제안한다. 민우는 사복으로 갈아입고 탈북을 시도하고 민우는 천에게 여자가 있는 곳으로 가라고 채근한다. 그런데 총소리가 울리고 고꾸라진 것은 민우가 아닌 은철이었다. 이 상황 이후 천은 한 발 더 깊숙이 북한 땅으로 들어가게 된다.

「리수의 강」에서는 북한의 마을까지 들어간 천이 박리수라는 아이와 함께 지내게 되면서 이야기가 펼쳐진다. 리수는 몇 년 전에 아빠가 사라졌고 얼마 후 엄마마저 사라져 졸지에 고아가 된다. 사촌인 수호 형이 이 집에 간혹 찾아오고 리수는 옆집 동현이네 엄마에게 의지하면서 살게 된다.

동현이가 와서 수호 형이 국경수비대에 잡혀갔다는 소식을 들려준다. 수호는 중국으로 보내는 물건을 자루에 담아서 두만강에 밀어 보내는 밀무역상이다. 그런데 자루가 엉뚱한 곳으로 떠내려가자 건져내려고 강물에 뛰어들었다가 중국으로 월경하는 것으로 간주되어 잡혀간 것이다. 리수 혼자 있는 집에 동거인이 된 천은 이 집을 방문한 청년과 대화를 하다가 리수가 죽었다는 것을 알게 된다. 엄마와 아빠가 다 중국에 가 있다고 짐작하고는 자기도 가려고 하다가 밤에 시커먼 물체가 이동하는 것을 보고 국경수비대에서 총을 쏘았는데 아이인 줄 모르고 방아쇠를 당긴 것이다.

흘러간 가요 중에 가수 김정구가 부른 「눈물 젖은 두만강」이란 것이 있다. 1938년 작이므로 이 노래의 가사에 담긴 뜻이 무엇인지 미루어 짐작할 일이다. 그로부터 85년 세월이 흐른 지금, 완전히 다른 의미에서 눈물 젖은 두만강이 되고 말았다.

「두 남자」는 천강우가 마침내 정화의 집에 가서 정화의 남편 남석과 만나는 데서 이야기가 시작된다. 천은 정화에 대해서, 그리고 그간의 두 사람의 사정에 대해 이렇게 설명한다.

"브로커 사서 아들 데려오겠다고 간신히 모은 돈을 사기당해서 다 날렸대요. 그날 어찌나 울던지. 가진 것도 없이 거리에 나앉게 되어서 제가 사는 아파트의 방 한 칸을 내줬어요. 정화는 한 푼이라도 아껴서 아들을 데려올 돈을 다시 마련하겠다고 했고. 주변 사람들이 탈북한 여자를 어떻게 믿고 한집에서 사냐고 난리였지만, 그런 말을 쉽게 뱉는 사람들하고 참 많이도 싸우면서 버텼어요. 그랬는데 정화가 감쪽같이 사라졌어요. 한마디 말도 없이. 자기가 쓰던 핸드폰 하나만 남겨두고."

그런데 남석은 엄마가 사라지고 얼마 안 되어 아이가 폐렴으로 죽은 것을 알려준다. 정화는 아이의 건강을 내처 걱정하고 있었는데 이미 세상을 떠난 뒤였던 것이다. 정화가 같이 가자고 아무리 졸라도 북한에 끝내 남았던 남석은 그 이유를 들려주다 이런 말을 한다. 이 말은 아주 중요한 뜻을 내포한다. 북한 당국은 인민이 가족주의에 얽매이지 못하게 한다는 것이다. 아닌 게 아니라 북한에는 성씨, 가문, 문중 같은 개념이 거의 남아 있지 않다. 혈연도 지연도 학연도 허락하지 않는다.

"생각해 보오. 우리 남잔, 십 년 군대 생활이 일생을 좌우하오. 십 년 동안 가족과 헤어져 사는 거요. 의도적으로 당에서 가족을 해체했단 걸 잘 몰랐소. 김정일이 가장 싫어한 게 지방주의였는데 그 이유가 뭔지 아오? 지방이 뭉치면 반정부 세력이 자라는 온상이 된단 거요. 가족주의도 지방주의와 마찬가지고. 잘나가는 당 간부는 우리 형처럼 솎아내듯 추방이니 하방이니 해서 분산시키고 그 가족 역시 뿔뿔이 흩어지게 해체시킨 거요."

이렇게 해체된 가족이 다시 합쳐지는 길은 남석이 국경을 넘어 정화를 찾는 길밖에 없다. 이곳 지리를 잘 아는 남석은 천강우와 함께 중국으로 가기로 한다. 그런데 필요한 자금(국경을 넘으려면 브로커에게 줄 큰돈이 필요했다)을 마련하기 위해 권양기卷揚機 winch를 뜯어서 팔았다가 보안원들에 의해 도둑으로 지목받는다. 혜산에서 철광석을 거래하다 들킨 전과가 있었기 때문이다. 다음 날 아침에 보안대로 출두해야 하는 남석은 남석의 아내를 보겠다고 온 천과 함께 그 밤에 국경을 넘기로 한다.

그 과정에서 남석은 총에 맞아 죽고 천은 개머리판으로 얻어맞고 정신을 잃는다.

「벽」은 북한의 보안대에 끌려온 천이 시철이라는 이름의 심문관에게 계속 맞으면서 자백을 강요당하는 내용이다. 시철은 천이 국정원에서 보낸 스파이라면서 이실직고하라고 수시로 구타한다. 그러던 어느 날 천은 붉은 조명이 비치는 방으로 옮겨가서 술과 음식을 제공받는다. 술에 완전히 취한 상태에서 천은 두 여자와 차례로 격렬한 정사를 갖게 된다. 이 장면을 다 촬영한 시철은 천을 중국으로 돌려보내 준다.

나중에 천은 한국의 정보기관 심문관에게서 "왜 국경을 넘었습니까? 대한민국에 무슨 불만이 있었습니까?" "북한을 동경했습니까?" "거기서 살려고 작정했습니까?" "어떤 임무를 가지고 돌아온 겁니까?"라는 질문을 받는다. 시철이라는 자가 했던 것과 똑같은 질문이었다.

국경을 넘는다는 것이 '죽을죄'가 된 것이야말로 분단의 비극이 아닐 수 없다. 서울과 개성은 그야말로 엎어지면 코 닿을 데인데 휴전선이 가로놓여 있어 서로가 갈 수 없는 곳이다. 이 분단의 깊은 골짜기 위로 다리가 놓일 날은 언제일까? 그런 날은 영원히 오지 않을까?

서두에 잠시 언급했던 에필로그격의 소설 「내일의 노래」에는 감동적인 장면이 나온다. 먼저 석방되는 내가 한겨울에 인천공항에 내리게 될 것을 걱정한 탈북민들이 돈을 모아서 내게 건네주는 장면이다. 려철이란 젊은이가 시인이 될 꿈을 키우는 것도 상징적이다. "그래도 한국 가면 제일 해보고 싶은 게 바로 시시하기 짝이 없게 사는 거야. 누구 간섭도 받지 않고, 시를 쓰면서 그렇게 살 수 있다면 뭘 바라겠어?"라는 려철의 말에는 '자유'의 의미가 고스란히 담겨 있다. 내가 만든 노래를 실컷 부르고 싶었던 탈북 노인의 소망은 태국 깡패 장발의 해코지로 이뤄지지 않는다. 시를 쓰고 싶어 한 려철의 소망도 장발의 칼부림(칼이 아니라 유리였지만)으로 오리무중이 된다. 이들의 소망은 사실 별게 아닌데 그것을 허락하지 않는 곳이 북한이다. 벽이 너무나 높은 북한체제다.

7편의 소설 중 제일 먼저 쓴 것이 「음모가 있을 수 있습니다」(2011년 작)이고 제일 나중에 쓴 것이 「벽」(2023년 작)이다. 무려 12년에 걸쳐 7편의 소설을 완성하였다.

그간 북한에서는 김정일이 죽고 김정은이 대를 이어 집권했지만 남쪽에서는 이명박, 박근혜, 문재인이 대통령의 자리에 있었고 지금은 윤석열 대통령이 국가의 수반으로 있다. 4명 대통령의 대북정책이 조금씩 다른데, 북한은 변화를 느끼기 어렵다. 판문점선언을 한순간에 발로 뻥 차버리는 김정은의 성격으로 보아 앞으로 무슨 일이 일어날지 짐작하기 어렵다.

하지만 작가라면 통일이라는 거창한 명제를 화두로 삼을 수는 없을지라도 북한이라는 지역, 북한에 살고 있는 동포들, 탈북민들, 그리고 분단 극복과 동질성 회복, 특히 북한의 인권에 대해 관심을 가져야 하지 않을까.

최근에 해설자는 『겨레말큰사전』 남북공동편찬사업회 회장의 요청을 받고 편찬위원직을 수락하였다. 독일 통일에 문인들이 큰 기여를 했던 것과 마찬가지로 문인 중 한 사람으로서 남과 북의 거리를 좁히는 데 일익을 담당하고자 하는 마음에서였다.

김미수 작가는 지금 이 땅의 소설가들이 대다수 건드리지 않거나 손을 놓고 있는 탈북자 관련 이야기를 연작소설로 썼다. 특히 북한 여러 곳을 둘러본 경험을 바탕으로 하여 대한민국 국적을 가진 사람이 북한에 불시착했을 때 겪을 법한 일을 경험 반 상상력 반으로 썼는데 7편의 소설이 모두 아주 극적인 상황으로 치닫는다. 주제의 깊이도 만만치 않지만 이야기의 재미도 놓치지 않는 김미수 작가의 장기가 이번에 아주 제대로 발휘되었다고 본다.

독자는 이 소설집을 일단 손에 들면 순식간에 읽을 것이다. 그리고 북한 사회가 어떤 곳인가를 대충은 알게 될 것이고 왜 탈북민이 3만 5천 명을 넘어섰는지 알게 될 것이다. 미국의 인권단체 안과 의사가 북한에 들어가 눈 수술을 해준 이후 붕대를 풀어주었더니 옆에 있는 가족과 얼싸안고 기뻐하는 것이 아니라 홀 중앙의 벽에 걸려 있는 김일성과 김정일의 사진 앞으로 가서 큰절을 하고 장군님 감사합니다, 만세! 만세!를 외치는 사람들이 사는 곳이 북한이다. 이 무슨 난센스란 말인가.

이런 동토를 답사하였고, 그 경험을 바탕으로 하여 흥미진진한, 하지만 가슴 아픈 이야기를 만들어 연작소설을 쓴 김미수 소설가의 빛나는 작가정신에 경의를 표한다.

김미수 noisnt@hanmail.net

2010년 동아일보 신춘문예에 단편 「미로」가 당선되면서 작품 활동을 시작했다. 장편소설 『소설직지』로 2013년 직지소설문학상 대상을 수상하였다. 이듬해에 단편 「내일의 노래」로 북한인권문학상 대상을 수상했다. 『소설직지』와 소설집 『모래인간』이 세종도서 문학나눔에 선정되었다. 결핍감으로 요동치는 청춘의 방황을 그린 장편 『재이』와 분노와 폭력 문제를 정면으로 다룬 장편 『아빠 살고 싶다』가 있다. 최근작으로 장편 『바람이 불어오는 날』을 발간하였다. 사라진 탈북자 출신 사업가를 찾아 휴전선 넘어 북한으로 잠입한 진보적 언론사의 북한 전문 기자가 그 금지된 땅에서 맞닥뜨리는 일들이 생생하게 펼쳐진다.

• 수록 작품 목록 •

「음모가 있을 수 있습니다」, 『압록강 따라 가슴앓이』, 2천리(공저), 2011. 9
「이방인」, 『동리목월』, 2012. 여름호
「선택」, 『21세기문학』, 2012. 겨울호
「리수의 강」, 『불교문예』, 2016. 겨울호
「두 남자」, 『문예바다』, 2022. 겨울호
「벽」, 『저널 소설가』, 2023. 제4호
「내일의 노래」, 2015. 북한인권문학상 대상 수상작

믿을 수 없는 사람

초판 1쇄 발행 | 2023년 6월 15일

지은이 | 김미수
발행인 | 장문정
발행처 | 문예바다
　　　　 등록번호 | 105-03-77241
　　　　 주소 | 서울 종로구 삼일대로 30길 21(종로오피스텔) 611호
　　　　 전화 | 02-744-2208
　　　　 메일 | qmyes@naver.com

ⓒ 김미수, 2023. Printed in Seoul, Korea
ISBN 979-11-6115-200-4 (03810)

*이 책의 저작권은 지은이와 출판사에 있습니다.
*양측의 서면 동의 없는 무단복제를 금합니다.